将軍の跡継ぎ

御庭番の二代目

氷月 葵

時代小説
二見時代小説文庫

目次

将軍の後継ぎ——御庭番の二代目1

第一章　世子《せいし》の軟禁

一

江戸城、吹上《ふきあげ》の御庭。

壮麗な江戸城本丸や西の丸の御殿を見ながら、宮地加門《みやぢかもん》は歩いていた。羽織袴《はおりはかま》に二本差しの折り目正しい姿ではあるが、十八歳の足取りは軽い。その足を、庭の片隅にある御薬園《おやくえん》で止めた。

ここは近年に作られた薬草園だ。江戸城の主《あるじ》となった八代将軍徳川吉宗《とくがわよしむね》が、造らせたのである。

しかし、十一月の今は薬草はほとんどない。桑《くわ》や枇杷《びわ》など、葉が薬剤となる樹木がひっそりとあるだけだ。

加門はそこを離れてまた歩き出す。しばらく行くと、ゆるやかな丘を見上げて、勾《こう》配《ばい》を上り出した。上で仕事をしている植木職人の姿が目に入ったためだ。

松の剪定《せんてい》をしていた植木職人の寅七《とらしち》は、加門の姿に気がついて手を止めると、にっと笑った。

「おや、ちょうどいいところに来なすった。お待ちしてたんで」

「おう、見つかったかい」

朗《ほが》らかな笑みを見せる加門に、寅七は手招きをする。

「へい、このあいだおっしゃってた大葉子《おおばこ》、まだ残っている所をみつけやした。こっちでさ」

鋏《はさみ》を下ろして、寅七が歩き出す。

丘の裏側に回ると、二人は地面にしゃがみ込んだ。斜面に、濃い緑の葉を放射状に広げた草が生えている。

「おう、枯れずに残ってたか」

加門が手で葉を撫《な》でると、寅七は片眉を歪《ゆが》めて若侍の顔を覗き込んだ。

「けど旦那、ほんとにこんなのが薬になるんですかい」

「ああ、なるとも。腹下しにも効くし、咳《せき》も鎮《しず》める。小便の出が悪いときに飲めば、しゃあしゃあと出るようになるぞ」

　ははははと笑う加門に、寅七はへぇぇと顎《あご》を上げる。

「食べるんですかい」

「いや、煎《せん》じるんだ。ただ、少し苦《にが》いのでな、甘みのある甘草《かんぞう》とともに煮ると飲みやすくなる。そういえば寅七、子供が腹が弱いと言ってたろう」

「へい。二番目の倅《せがれ》は腹が弱くて」

「それならば、甘草というのは甘みがあるので子供にも飲みやすくてな……」

　滔々《とうとう》と説明をする加門に頷《うなず》きながら、寅七はふと真顔になった。

「いけねえ、剪定を終えなけりゃ親方に怒られちまう。旦那も、こんな所で油を売ってちゃまずいんじゃねえんですかい」

　立ち上がる寅七に加門も続くが、その顔はまだ笑顔だ。

「なあに、わたしは平気だ。部屋住みの見習いだからな」

　寅七は「気楽なもんだ」と言いたげに、鋏を手に持つ。

「じゃ、大葉子は引っこ抜かないように、ほかの者《もん》にも言っておきまさ」

　寅七は苦笑混じりに加門に頷くと、気楽な小役人の相手などいつまでしていられないとばかりに、仕事に戻って行った。

加門は振り返りながら、丘をゆっくりと下りる。

職人の邪魔をしたのは気が引けるが、それも役目の一環だ。町方《まちかた》の話し方や所作を知り、仕事のしかたを見て覚え込む。そして暮らしぶりなどを聞き出して、参考にする。いつ、己がその姿を真似るかわからないからだ。

加門の父宮地友《とも》右《え》衛門《もん》は、以前は御広敷伊賀者《おひろしきいがもの》と呼ばれていた。広敷はもともと広間を差す言葉だ。大きな町屋であれば台所の板間、武家屋敷であれば奥へと至る手前の広間。客などを迎える表ではなく、屋敷の住人が生活をする場所であり、表と奥の区切りの場である。

江戸城の御殿にも、表と奥がある。家臣が出入りする表とは別に、奥には将軍家の暮らしの場となる中奥《ちゅうおく》があり、さらにその奥が女達の暮らす大奥《おおおく》だ。表と奥のあいだが御広敷と呼ばれる部分であり、そこを守る者達がいる。その多くが、御広敷伊賀者と呼ばれる役人であり、江戸城を築いた徳川家康《とくがわいえやす》が置いたことにはじまる。

加門は吹上の御庭から、本丸の方向へと足を向けた。と、その足を止めた。茂みの中から微かな物音が立ったためだ。

曲者《くせもの》か……。加門は身構えて、そちらを見る。

茂みの中で蠢《うごめ》くものが見えた。太い尻尾《しっぽ》だ。

狸《たぬき》か……。苦笑すると、加門はまた歩き出した。

本丸に至るには途中に門があり、そこを守る番人がいる。

加門は立ち止まって通行証を示した。番人はそれを見て頷く。

番人は御広敷伊賀者であり、近くで落ち葉を掃いているのも同役だ。彼ら伊賀衆は家康が江戸城に入ったさいに、呼び寄せた者達だ。家康は信頼を置いていた伊賀衆に身辺警護を任せたのである。まだ戦乱の余韻《よいん》の残る当時は、忍びの者達の能力も、蔑《ないがし》ろにはされていなかった。

しかし、江戸開府から百年以上も過ぎ、世が平《たい》らかになると、伊賀者の役目は江戸城の警護や大奥の女中らの守りが主になっていた。伊賀者は下級役人として、平穏に仕える日々を過ごすようになっていたのである。

そこに新しい者たちが加わったのは、近年のことであり、宮地家もその一家だった。主は徳川吉宗である。

享保《きょうほう》元年（一七一六）、吉宗は跡継ぎのいなかった家継《いえつぐ》の養子となり、将軍を継いだ。吉宗は元は紀州《きしゅう》藩《はん》の藩主であったため、将軍の座に就《つ》いた折には、紀州から多くの家臣を伴って江戸城に入ることとなった。馴染《なじ》みのない江戸城で暮らすのだから、周囲を信頼の置ける者で固めたい。そのために選んだ家臣のうちの一家に、宮地家も含まれていた。家康の置いた伊賀者とは別に、紀州から連れて来た薬込役《くすりごめやく》を御広敷伊賀者として置いたのである。

江戸城に入ったとき、加門の父宮地友右衛門は二十五歳だった。そして三年後には、二代目となる加門が生まれたのである。

吉宗が将軍を継いでから二十年が経ち、時は元文《げんぶん》元年（一七三六）。吉宗の嫡男《ちゃくなん》である家重《いえしげ》も二十六歳になっている。下には二人の弟もおり、将軍家は安泰、と外からは見えていた。

将軍家の象徴でもある本丸御殿は広大だ。

加門はそれを見渡しながら、御広敷の庭を歩く。と、そこにまだ前髪の残っている若侍が近寄ってきた。川村家《かわむらけ》の次男利通《としみち》だ。

吉宗の連れて来た者たちは十七家ある。川村家もそのうちの一家だ。跡継ぎの男子は、皆、元服の前後から見習いに出る。役目をこなせるかどうか、二、三年をかけて周囲から判断されるのだ。川村家の長男は内気で話し下手《べた》なために不適格とみなされ、今は次男の利通が見習いをしている。

「お父上が探しておられましたよ」

利通の言葉に、加門は礼を言う。

「おう、そうか、かたじけない」

加門は四年前に見習いとして出仕し、去年、適格とみなされたため、そのまま出仕を続けている。

実はこの十七家の役割は、特殊なものだ。当初は、伊賀者と同じ御広敷伊賀者の役職に就いていたが、家康以来の古参の伊賀者とは区別され、今では別の名で呼ばれている。

御庭番《おにわばん》。

それが彼らの呼び名である。宮地家は添番《そえばん》御庭番という役職をいただいている。

「加門」

父の友右衛門が息子の姿を見つけて、木陰から現れた。

御庭番は文字どおり、ふだんは実際に庭を見廻り、働く職人達の管理などもしている。端《はた》からは庭を見廻る下級役人としかみなされていない。

加門は父の張り詰めた眼差しに気がつき、足を速めた。が、あわてるふうは見せずに、父の傍らに立つ。と、父は耳元でささやいた。

「半刻《はんとき》（一時間）のちにお呼びだ」

その厳《おごそ》かな口調に加門が緊張を見せると、父は小さく頷いた。

「うむ、上様《うえさま》だ」

加門は唾《つば》を呑み込んだ。


中奥の雪の間《ま》。

正座で膝を並べている加門と父友右衛門の耳に、廊下を近づいてくる足音が伝わった。障子の開く音とともに、二人は深々と頭を下げた。

向かいに胡座《あぐら》をかいて、吉宗が座ったのがわかる。御庭番と会うときには、小姓も付けずに一人で来るのが倣《なら》いだ。

「よい、面《おもて》を上げよ」

将軍の声に、二人はそっと身体を起こす。

うむ、と頷いて、吉宗は親子を見た。

「そなたら、家重が小菅御殿《こすげごてん》に留まっておることを聞いておろう」

「はっ」

親子が頷く。

千住宿《せんじゅしゅく》の先の小菅は自然の豊かな郊外で、鷹狩《たかが》りのさいに休息するための御殿がある。世子の家重は十日ほど前に鷹狩りに出かけ、そこで体調を崩して滞在しているという話を、宮地親子も聞き及んでいた。もともと家重は壮健な身体ではない。病で寝付くことに馴れているために、特別な騒ぎにもなっていなかった。

「先日、医者を遣《つか》わしたのだが、いかなる病かはっきりとせぬと申してな、その後、良くなったという知らせもない。ようすがわからぬのだ。加門……」

吉宗の呼びかけに、加門は背筋を伸ばした。

「はっ」

「そのほう、父の友右衛門以上に薬にくわしく、医術の素養もあると聞いておる。そうであろう」

吉宗の眼差しが父に移ると、友右衛門は深々と頭を下げた。

「はい、この加門、最近は顔色《がんしょく》や声で、人の身体の調子を推《お》し量《はか》ることも得意になりました。手前味噌《てまえみそ》で恐縮ですが、わたしなどよりも勘がよいようでございます」

「いえ、わたしなど……」

そう恐縮する加門に、吉宗は顔を向ける。

「謙遜《けんそん》せずともよい。そのほう、小菅御殿に赴《おもむ》き、家重のようすを探って参れ。小姓の田沼意次《たぬまおきつぐ》が付いておるから、ようすを聞くとよい。そなた、意次とは親しいと聞き及んでおるぞ」

「はっ、幼馴染《おさななじ》みでございます」

「うむ、では参れ。ただし、屋敷にはいろいろの者がおる。少し、気にかかることもあるゆえ……」

吉宗は口を曲げた。

「余の命《めい》を受けたと気取《けど》られぬように気をつけるのだぞ」

「はっ、かしこまりました」

加門は手をついて、深く身体を折った。そのまま畳の目を見つめ、吉宗の足音が遠ざかってから、頭を上げた。すでに顔を上げていた父は息子をみつめ、小声で言った。

「家重様のごようすだけでなく、御殿に詰める者らも探って参れ。時期が時期だけに、上様も不穏を感じておられるのだろう」

はい、と加門は頷く。

時期、という言葉を加門は嚙《か》みしめた。この十一月に、家重の側室が懐妊したことがわかったばかりだ。無事に産まれれば、初めての子となる。そんなときに家重が病に倒れるのは、果たして偶然なのか。加門と父は、視線を交わして深く頷き合った。

大川《おおかわ》を遡《さかのぼ》って、舟は千住の岸辺に着いた。

乗っていた客らが、それぞれに立ち上がる。武士もいれば、商人、職人もいる乗合船だ。

その中で、笠を被《かぶ》った若い町人姿の男がゆっくりと立ち上がった。四角い風呂敷包みを背中に括《くく》りつけて、きゅっと前で結ぶ。着物の裾《すそ》をはしょり、股引《ももひき》をはいたその脚で、舟から岸辺へと上がる。町人に姿を変えた加門だった。

「兄さんはどこまで行くんだい」

船頭に声をかけられて、加門はにこりと笑顔を向けた。

「千住の宿まで本を売りに行くんでさ。貸本屋がいるって聞いたもんで」

「へえ、そういやぁ、貸本屋がいたな。商売になるといいな」

「へい、ありがとうさんで。行って来やす」

笑顔のままで、土手を上る。

背中の柳行李《やなぎごおり》には本当に本が入っているために、少し重い。それを担ぎ直しながら、加門は小菅を目指して歩き出した。千住の宿場を抜けると、稲刈りの終わった田が茫漠《ぼうばく》と広がった。澄んだ青空の下には、遠く筑波山《つくばさん》の山容まで見える。

歩きながら、加門は父の言葉を思い出していた。

「家重様に、お幸《こう》の方様の御息災を伝えるのだぞ」

お幸は家重の寵愛《ちようあい》を受け、懐妊した側室だ。もとは正室の比宮《なみのみや》増子《ますこ》に付き従ってきた奥女中の一人だった。増子は伏見宮《ふしみのみや》邦永親王《くにながしんのう》の娘であり、天皇の孫にあたる。そのお付きであるから、お幸の身分も高い。公家である梅渓家《うめたにけ》の娘だ。

五年前、二十一歳の増子は京から下向し、世子の正室すなわち御簾中《ごれんちゆう》となった。その三年後、懐妊したものの、月足らずで生まれた子は死産であった。増子はそのまま床《とこ》に伏し、ひと月足らずののちに子を追うようにしてこの世を去っていった。

その後、家重は正室を持っていない。が、城に残ったお幸の方を寵愛するようになり、このたびの懐妊となったのである。

加門は初めて訪れた千住の光景を見渡しながら、宿場を抜けた。その先に広がる田畑の中の道も、黙々と歩く。

やがて、目の先に小菅御殿が現れた。

今は世子家重が逗留《とうりゆう》しているためであろう、門番が二人、並んでいる。加門は笠を被ったまま、さらに前屈みの姿勢でそこに近づいた。荷を背負っているためにその姿も自然で、顔を見せなくてすむ。

「すみません」

加門はうつむいたままに門番にお辞儀をした。

「手前はお小姓田沼意次様のご注文で本を届けに参りました賀茂屋《かもや》といいます」

意次なら、賀茂が加門を暗示することに気がつくはずだ。

案の定、中に入った門番はすぐに戻って来て、脇の戸を開けた。

「通れ」

中に入ると、玄関の前に意次が立っていた。

「御苦労」厳《いか》めしく言うが、片目が笑っている。

「裏から回って、台所に入れ」

「へい」

と、腰を曲げながら、加門も目配せを返した。

意次と加門は同じ十八歳だ。父親同士が紀州にいた頃からの知己《ちき》であり、江戸城に入ってからも親しくつきあっていた。

意次の父田沼意行《おきゆき》は、吉宗が紀州でまだ部屋住みであった頃に奥小姓として仕えた人物だ。吉宗の信頼を受けて江戸にも伴われ、そのまま江戸城に入ったのである。

一方の宮地友右衛門もやはり紀州藩士であった。宮地家は薬込役として仕えていた家だ。薬込役は、鉄砲に使う火薬の製造や使用を管理する役であり、他藩に洩れてはいけない特殊技能でもある。その秘密性のゆえか、薬込役はやがて間諜《かんちょう》としての務めも果たすようになっていた。

ともに紀州から江戸に入った者同士、友右衛門と意行は親しく交わっていた。が、友右衛門よりも年長であった意行が二年前に四十九歳で逝去《せいきょ》したため、意次はその遺跡を継いだのである。一方の宮地友右衛門は未だ健在であるため、二代目の加門は見習いとして働いている。

加門は小菅御殿の庭を歩きながら、辺りに眼を配っていた。隅で二人の若い足軽ふうが話をしている。一人は団子《だんご》っ鼻で一人は眉が薄い。その容貌《ようぼう》を眼に焼き付ける。御殿の濡《ぬ》れ縁《えん》では、中年の武士が座って庭を見ている。視線が定まっていないことを見ると、ただぼんやりとしているだけらしい。が、そう見せかけてこちらを窺っているのかもしれない。加門は笠の下から、その男の細長い顔を見つめて、脳裏に刻んだ。

裏庭に行くと、中間《ちゅうげん》が薪割《まきわ》りをしている姿があった。三十は過ぎているであろうに、腰が据わっておらず、馴れないようすだ。その顔を正面からうかがって、覚え込む。

他に人影はないか、と周囲を見まわしていると、台所の戸口が開いた。そっと姿を現した意次が、手招きをした。

「こっちだ」

板間から上がって、奥へと招き入れる。

狭い部屋に落ち着くと、意次はぴしゃりと襖《ふすま》と障子を閉め切った。加門は背中の荷を下ろしながら、意次を見た。

「家重様のお加減は……」

言葉を選んで言いよどんでから、その先を続ける。

「いかがですか」

子供の頃には、気安い口をきいていた二人だ。田沼家も下級武士であり、宮地家とそれほど大きな開きがあるわけではなかった。が、父の田沼意行は多少の出世を果たして従五位下《じゅごいのげ》に叙され、主殿頭《とのものかみ》と称されて禄高も上げていた。

意次は苦笑すると、ぽんと加門の膝を打った。

「二人だけのときにはそうかしこまるな。昔どおりのほうが、わたしも話しやすい」

「されど、そなたは今や六百石の主。こちらは貧乏御家人の部屋住みだ。しかも、今はお役目で……」

「なぁに、身分や禄高で人を区別するなどつまらんことだ。それに気安く話したほうが伝わりやすい」

「そうか」加門は笑った。「世子様付きとなっても変わらんな」

「ああ、変わるものか」

意次の朗らかな物言いに、加門も肩の力を抜いた。

「で、家重様はどこがお悪いのか、わかっているのか」

「うむ、お腹が痛いと申されておる。下《くだ》されていて、いっこうに治らんのだ」

「お腹……当初からか」

「そうだ。この御殿で昼を召し上がられて、休息されたのだ。したら、お腹の調子が変だと申されて、そのまま寝込まれてしまったのよ」

「上様が医者を遣わしたとおっしゃってたが」

「ああ、来た。町で評判だという法印《ほういん》が弟子を連れてやって来た。だが、ひととおり診察して、薬を置いて帰っただけだ。それに、そのあとはその弟子のほうが来て、薬を出しているのだが、ご体調はいっこうに回復せんのだ」

「法印と弟子、か」

医者は僧侶と同じ身分を与えられている。そもそも、昔は僧侶が医者を兼ねていることが多かったためだ。医者も僧籍を取って出世すれば、僧として高位の法眼《ほうげん》、さらにその上の法印という身分を得ることができるようになっていた。

「家重様のお薬を拝見できようか」

「うむ、むろんだ。いや、それよりも家重様を直《じか》に診てくれ。そなた、顔など見れば、ある程度はわかるだろう。今、話を通してくる」

えっと戸惑う加門を置いて部屋を出ると、意次はほどなくして戻って来た。

「お目通りが許された。さ、奥へ」

さらに奥の部屋へと誘導される。

加門は背負ってきた荷を小脇に抱えて続く。

家重の姿は西の丸や吹上の御庭で仰ぎ見たことはあるが、間近で対面するのは初めてだ。家重はあまり人に会いたがらないとも聞いていた。

欄間《らんま》の下をくぐって、布団から上半身を起こしている家重の姿が見えると、加門はすぐに膝を着いた。布団の傍らには一人の男が寄り添っている。

「かまわぬ、近うに」

その男、大岡忠光《おおおかただみつ》が声を上げた。忠光は家重が十四歳のときに小姓として上がり、それ以来ずっと側近くに仕えている。家重よりも少し歳が上なこともあって、頼りにされているらしい。その顔は加門も知っていた。

加門が静かに布団に歩み寄ると、家重はゆっくりと口を動かした。

「父……上の、命《めい》、とな」

舌がうまく回らないらしく、発声が口中《こうちゅう》にくぐもってしまう。家重様は言葉がご不自由である、と聞いていたのを思い出し、加門はなるほどと胸の内で得心した。そっと顔を見る。整った顔立ちだが、頬と口の周りに強《こわ》ばりが見てとれた。加門はそれらを素早く観察しながら、頭を下げる。

「はっ、上様の御下命を受けて参りました」

そうかしこまる加門の前に、意次が盆を差し出した。

「これが薬だ。朝と晩にお服《の》みになる」

小さな木箱に白い紙包みが入っている。それを一つ取って開くと、加門は顔を近づけて、薄茶色の粉薬の匂いを嗅いだ。指先でその粉をつまみ、そっと嘗《な》めてみる。家重も大岡も、意次もそれを注視していた。

「どうだ」

覗き込む意次に、加門は眉を寄せた。

「これは十薬《じゅうやく》と、ほかにも……いくつかの薬が混ぜてあります」

「十薬とはなんだ」

「どくだみです。取りすぎれば腹を下します」

「なんと」

大岡の声が上がる。

加門は膝行《しっこう》すると、家重の傍らに近づいた。

「ご無礼いたします。お顔を拝見させていただきます」

うむ、と頷くその顔を加門は見つめる。皮膚からは艶も張りも失われていて、二十六歳の若さが消えている。

加門は持って来た箱を引き寄せて、中を開けた。上にあった何冊かの本を出して、畳に置くと、その下から別の包みを取り出した。薄い木箱だ。それを開けて中から白い薬の包みを取り出すと、盆の薬包と取り替えた。

「今日からこちらをお服みください。お腹も元に戻りましょう。ですが、医者がやって来ても、薬を変えたことはお伏せになり、出されたほうの薬を服んでいる、というふりをなされるのがよいかと存じます」

「やはりそうか」

意次のつぶやきに、加門は取り替えた薬包を掲げて見せた。

「どのような意図かはわかりませんが、この薬は持ち帰って、内容を調べてみます」

「うむ、頼んだぞ」

強く応えたのは大岡だった。加門がそちらに顔を向けると、傍らの家重が頰を紅潮させているのがわかった。もともと強ばっていた顔がさらに引きつっている。

加門は顔を伏せると、穏やかな声音《こわね》で言った。

「白湯《さゆ》をたくさんお召し上がりください。身中の水が足りなくなりますと、お身体が弱りますゆえ」

「白湯だな、わかった」

意次が答える。加門と意次の眼が交わり、頷き合った。

「それが出されていた薬か」

加門が手にした包みを、父の友右衛門が覗き込む。

「はい。試しに服んでみます。わたしは薬草になれているので、二ついっしょに服んでみようかと……」

加門はちらりと厠《かわや》の方向を見た。さほど広くはない屋敷だが、厠は廊下の一番奥だ。

御庭番は皆、御用屋敷で暮らしている。江戸城の外郭《そとくるわ》、桜田《さくらだ》にある鍋島家《なべしまけ》の囲い込みの中に屋敷がある。部外の者とは交わらず、婚姻《こんいん》も十七家の内で結ぶばれるのが基本だ。

加門がそっと包みを開くと、そこに足音がやって来て障子が開いた。母の光代《みつよ》が丸い盆に湯飲みを載せて入ってくる。

「はい、湯冷ましを持って来ましたよ」

正座をすると、盆を加門の前に置いた。が、手にした包みを見て、たちまちに眉を寄せた。

「まあ、またおかしな薬を作ったのではないでしょうね」

「いえ、これはわたしが作った物ではありません」

「では、なんの薬なのです。そなたは前にも得体の知れない物を服《の》んで、寝込んだことがあるではないですか」

咳き込みそうになって、加門はあわてて粉薬が飛ばないように、包みの上を手で覆《おお》った。

「いや、これは、その……」

うろたえる加門の横から、友右衛門が口を開く。

「お役目だ」

その重い声に光代は口を閉ざす。お役目となればいたしかたはない。役目の多くは上様からの御下命であることを御庭番の家族なら、誰でも理解している。

「なれば、せめて気をつけるのですよ。そなたは向こう見ずに、なんにでも手を出す質《たち》なのですから」

立ち上がる母に、加門は「はい」と素直に頷いた。

足音が去って行くのを確かめて、加門は再び包みを二つ開いて、一つに合わせた。腹を括ったようにひとつ息を吐くと、加門はくいと上を向き、開けた口に薬をさらさらと落とした。湯冷ましでそれを一気に呑み下す。

じっと見つめる父の顔には、心配げなようすはない。宮地家は代々薬に精通しており、父も多くの薬草を扱ってきている。さほどの危険はない、と踏んでいるのが察せられた。

父は部屋を出て行くと、しばらくして土瓶《どびん》を手に戻って来た。

「下したら、あとでこれを飲め、薬湯《やくとう》だ」

はい、と頷く息子に父は、

「して、いかがであった、小菅御殿は」

と、問う。加門は見聞きしたことを話し出した。

「家重様が召し上がられた中食《ちゅうじき》は、意次がお毒味をなさったそうです。が、意次はなんともなかったそうで」

「ふむ、されど、毒味はそれほど多く食すわけではない。少しの毒であれば、その場で気づくことはあるまい」

「はい、わたしもそう思いました。腹を下す程度の薬草なら、汁物に少し仕込んでおけば、他の者にはわかりません」

「そうだな。しかし、服み続ければ効き目も出て身体が弱る」

「はい、そこにやや強い毒を盛れば命に関わることに……」

「これ、滅多なことを言うではない」

思わず周囲を見まわす父に、加門は肩を竦《すく》めた。

「はい、さすがにそれは言っていません」

「ふむ、御殿に怪しい者はいなかったのか」

「それが、台所の料理人が暇を取ったそうなのです。家重様がお腹を悪くされたことで叱責《しっせき》をしたところ、詫びの文を置いて姿を消したそうです。怪しい成り行きかと思います」

「うむ、端《はな》から仕組まれていた、ということも考えられるな。小菅御殿には伏兵が送り込まれているのかもしれぬ」

「もしや、あのお方の……」

言いかけて、加門は顔をしかめた。

腹がごろごろと鳴りはじめたのだ。

覗き込む父に、加門は口を歪めてみせる。

「どうした」

「きました」

うっと喉《のど》を鳴らして、加門はゆっくりと立ち上がる。

「あわてずに急げ」

父の言葉に頷きながら、加門はそろそろと廊下へと出た。


雪の間で加門は吉宗を待つ。

今日は一人だ。父はこう言った。

「お呼びはそなただけだ。報告なのだから、それが妥当。行って参れ」

一人で将軍と対面するのは初めてだ。膝の上で握っている掌がじっとりと汗ばんでくる。

そこに大きな足音が響いた。大柄な吉宗は歩幅も大きく、廊下を踏む音に勢いがある。障子の開く音とともに、加門は頭を下げた。

吉宗が向かいに座るのがわかった。

「よい、面を上げて話をせよ、家重のようすはいかがであった」

「はっ、お薬を確かめましたところ……」

加門の話に、吉宗は耳を向けて聞き入った。

「なるほど。が、その薬、いかがなものか。医者が誤って出したということもありえるのか」

「はっ、それも考えられます。薬はよかれと思った物が逆に作用することもありえますし、診断の誤りであったということもありえます。そのあたりは、薬だけでは判断できかねます」

御庭番は軽々《けいけい》に己の推量を語ってはいけない。まずは調べた事実を告げることが第一義だ。判断をするのは将軍である。

「ふむ。なればまた小菅に行き、その法印の弟子とやらがいかような者であるか調べよ。それと引き続き、家重の身体を診て、良い薬を届けてくれ」

「はっ、かしこまりました」

加門は頭を下げた。

二

小菅御殿。

再び本屋に姿を変えて、加門は上がり込んでいた。

奥の小部屋で意次と向き合う。

「遣わされたという法印は徳丸《とくまる》法印だったか」

「うむ、そうだ。知っているのか」

小声で頷く意次に、加門もささやき声で返す。

「ああ、以前、中奥で見かけたことがある。評判をお聞きになって上様が呼ばれたそうだ」

吉宗は町で評判の高い医者や学者を、しばしば城に呼ぶ。医術や学問に関心の高い吉宗は、そうした人々と話すことを楽しみとしているのだ。

「その弟子の名は聞いているか」

加門が問うと、意次が頷く。

「細木《ほそき》昇庵《しょうあん》という者だ。法印が連れて来てな、そのまま屋敷に置いて行くと言ったのだが、素性《すじょう》のわからぬ者を御殿に留めるのも不穏と思うて、通《かよ》いということにしたのよ」

「なるほど。その昇庵、今日、来るだろうな」

「なぜ、そう思う」

「持ち帰った薬包が六つだったから、今日は補充しに来るはずだ」

ふむ、と頷く意次に、加門はさらに声を落として訊いた。

「この件、いかがと考える。わたしは、あのお方が動かれているのでは、と……」

「しっ」

意次は指を口に立てた。

「この御殿も油断はできぬのだ」

そっと背後の廊下を窺った。と、人の気配が障子の向こうに動いた。

「田沼様、医者が参りました」

「あいわかった」

田沼は返事をしながら立つと、加門を隣の部屋へと誘う。納戸《なんど》のような木の戸が、二間分《にけんぶん》ある。それを指で示すと加門にささやいた。

「ここは警護の侍が隠れる詰め所だ。中に入れば向こうは襖で、家重様がおられる部屋だ。声も聞こえるし、ところどころに穴も開いていて、ようすが窺える。中に入って医者を見るといい」

そう言って意次が出て行くと、加門はそっと戸を開けて、暗い詰め所に身を入れた。確かに何箇所か小さな明かりの差し込む穴がある。そこに眼を寄せると、加門は息をひそめた。

家重の姿は布団に潜り込んでいるようで見えない。

薬箱を手にした細木昇庵が、その布団の傍らに正座した。頭は剃髪《ていはつ》した坊主頭で、茶色の僧衣をまとっている。医者の多くがしている僧形《そうぎょう》だ。

「ご気分はいかがでございましょう」

昇庵は細面《ほそおもて》の顔を斜めにして、おずおずと伺う。

それに大岡忠光が重い声で返した。

「今日は朝からご不快とのこと」

「はっ、それは……」

恐縮して肩をすくめた昇庵は、声も微かに震えている。

「では、お脈を拝見いたします」

布団が動いて、なにやら声が上がった。大岡が首を伸ばして頷くと、昇庵に向いた。

「ご不快ゆえ、下がれと仰せだ」

「ですが……」

戸惑う昇庵に、家重の声が布団から洩れた。

「下がれ」

と、今度ははっきりと聞こえ、加門も暗闇で息を呑んだ。家重の苛立ちが伝わってくる。

「は、では、お薬を置いて参りますゆえ、お服みください」

昇庵が袋を差し出すと、意次がそれを受け取った。

「わかった、今日はもう帰るがよい」

はい、と昇庵はあわてたような足取りで下がっていく。

出て行ったのを確かめるように、家重はそっと頭を上げた。忌々《いまいま》しそうに、その顔が歪んでいる。

「酒、を持て……お逸《いつ》を呼べ」

くぐもった声ながら、荒立っている。

小姓の一人が出て行く。

まもなく娘が酒の入った地炉利《ちろり》を盆に載せて、入って来た。家重が杯を取ると、酒を注ぐ。そのようすを見て、加門はそっと詰め所から出た。

「見えたか」

戸から出ると、意次がそこにいた。

「うむ、昇庵の顔ははっきりと見えた。おそらく年は三十二歳、旗本の三男坊というところだろう」

加門の推量に、意次は口元に笑みを浮かべる。

「そうか、さすが御庭番だな。加門は子供の頃から、人の歳を当てるのがうまかったしな」

廊下に移動しながら、加門は小さく振り返った。

「あの女《おなご》はどなたなのだ」

「ああ、あれは千住宿の役人の娘だ。家重様がご逗留と知って、宿場の役人らが息子や娘らを使ってくれと出してきたのだ。お世継ぎ様の近くに侍《はべ》られる滅多にない機会だからな」

「なるほど」

「うむ、で、あのお逸をお気に召してな、ああして使うておられるのだ」

意次は家重の部屋へと加門を誘って行く。が、入る前に、手で加門を制した。

「少し待て、お逸を下がらせねばならん」

町人姿の御庭番を、なにも知らない娘に会わせるわけにはいかない。

お逸が下がったのを確かめてから、加門は家重の前に進み出た。

不機嫌さを顕《あら》わにした家重の顔を仰ぎ見る。が、酒のせいか顔色は先よりもずっとよく、肌の張りも戻っている。ほっと安堵《あんど》しながら、加門はまた薬を取り出して、昇庵の置いて行った薬包と取り替えた。

「お身体はいかがでございますか」

加門が尋ねると、家重は強ばっていた目元を少し、弛《ゆる》めて頷いた。

「よく、なった。大儀、である」

「はっ」

と、頭を下げる加門に、傍らの意次の口が開く。

「今日は医者のせいでご不快になられたが、薬を変えてからは将棋《しょうぎ》をお指しになられるほどに回復なさったのだ。我らは毎日、負けておる」

「そうですか」

加門は胸を撫で下ろす。家重は将棋が強いと聞いていたが、連日、連勝するほどであるならば、体力も気力も戻ったに違いない。

「今日は気を補う薬も調合して参りましたので、引き続きお服みください」

加門の言葉に、家重は「うむ」と頷いた。

「加門、というたな。意次の、友、と聞いたが」

「はい。同い年の幼馴染みでございます」

頷く加門に意次も言葉を続ける。

「父親同士が、紀州時代から親しくしておりましたゆえ、我らは学問所も同じ、道場も同じと、兄弟のように育ちました」

「そう、か。なれば、信用、できような」

「はい」意次が力強く頷く。

「この宮地加門、お役目の際には舌がいくらでも回りますが、普段は実と誠のある男。これほど信頼できる者はおりません」

「ふむ、なれば、これを」

家重は枕の下から文を取り出した。

「お幸、に」

意次が受け取って、加門に渡す。

「なにか、あれば、これを」

家重はさらに握った手を差し出した。

両方を手に受けて、加門は頭《こうべ》を垂れた。

「かしこまりました」


小菅御殿を出て、加門は千住宿へと歩き出した。

寒風が足元から吹き上がる。と、その足を加門は緩《ゆる》めた。背後から付いて来る人の気配を背中に感じていたからだ。

わざと躓《つまず》いて見せて、加門は道の端に退いた。草履《ぞうり》の鼻緒《はなお》を直すふうを装《よそお》って、しゃがみ込む。その前を、足軽が通り過ぎて行った。

あの男だ……。加門は目の端でその姿を捉えて、喉元でつぶやく。前に来た折に庭で見た二人のうちの、団子っ鼻のほうの男に間違いない。

あとを付けてきたのか、と加門はそのうしろ姿を見ながら立ち上がった。男は振り返ることなく、まっすぐに進んでいく。が、それがむしろ怪しい。男の姿は林を回り込んで消えた。

加門は再び歩き出す。林の前を同じように回り込んだ。奥に小さな社《やしろ》が見える鎮守《ちんじゅ》の森だ。

顔を前に向けたまま通り過ぎると、うしろからまた気配が生じた。先ほどの足軽だ。林の中に身を潜めていたに違いない。

さて、と加門は胸の内でつぶやいて、足を進めた。千住の宿場がもう目の先に見える。このまま付いて来る気なのか……。だとしたら、御用屋敷に戻るわけにはいかない。どうするか……。

宿場の賑わいの中に入る。

並ぶ宿の前には宿場女郎が、男達の袖《そで》を引いている。

「ちょいとお兄さん、上がっていっておくれよ」

手を伸ばされたのをいいことに加門は立ち止まった。女は満面の笑みを浮かべて、加門の腕を引っ張る。

「休むだけでもかわまないよ。ね、うちに上がっておくれ」

「いや、泊まりたいんだが、空いているのかい」

加門は聞こえよがしの声を出す。足軽が背後で足を止めて、ようすを探っているのを察していた。

「せっかくここまで来たからな、明日は草加《そうか》の宿《しゅく》に行って商いをしようかと思ってるんだ」

加門の笑顔に、女は腕を振って笑う。

「お泊まりは大歓迎さ。ささ、部屋はあるよ、上がっておくれな」

引かれるままに、加門は宿の中へと入って行く。

足軽はそこから歩き出して、先へと進み出した。

加門が腹を決めて足を洗ってもらっていると、足軽が戻って来て前を通るのが見えた。ちらりとこちらを見て、通過して行く。

加門は二階の部屋に上がると、窓を開けた。景色を楽しむように身を乗り出すと、下から足軽が見上げている姿が映った。気がつかないふりをして、ぴしゃりと窓を閉める。

明日の夜明けに戻ろう……。そう考えて、加門は畳の上に身を投げ出した。

「お客さん」

女の声とともに、襖が開く。先ほどの客引き女が別の娘を連れて入ってくる。

「この娘はどうだい。あたしゃ今日はちっと忙しいんでね。いい子だよ」

加門は上半身を起こして、苦笑した。

「いや、今日はいい。具合が悪いんだ、すまないな」

詫びる姿に女も苦笑して、肩をすくめる。

「そうかい、そいじゃごゆっくり」

加門は「ああ」と手を振った。

三

江戸城西の丸。

加門は御殿の威容を見上げながら、正面へと足を向けていた。

本丸は将軍執務の場であり、奥が住居になっているが、西の丸は世子の住居だ。ここにも御広敷があり、中奥と大奥がある。

御広敷の出入り口で、加門は立ち止まった。番をしている伊賀者がじろりと加門を見る。

家康時代からの伊賀者は、紀州閥《きしゅうばつ》の御庭番を快く思っていない。はじめの頃、伊賀者に組み込まれたために、己の領分を侵されたと感じたのだろう。

加門はそれに一礼して、

「お幸の方様にお取り次ぎを」

と、言った。

「なんだと」

たちまちに相手の顔が引きつる。

その荒立った声に、

「どうした」

と、中から添番《そえばん》が出て来る。

添番は御広敷伊賀者の上役に当たる。古参の添番も、また紀州閥の者たちに愛想がよくない。添番はお目見え以下なのに対し、加門らいわゆる御庭番は、非公式とはいえ将軍や老中と直接に言葉を交わせる立場だ。御庭番の中にはそれを驕《おご》り、伊賀者や添番を見下す者らもいる。見下されたほうは、不快を募らせるという悪循環《あくじゅんかん》が生まれていた。

加門はそれを踏まえて、丁寧《ていねい》に礼をする。

「某《それがし》は添番御庭番見習い宮地加門と申す者。大納言様《だいなごんさま》よりの遣いでございます」

大納言は家重の官位だ。正式には正二位権《しょうにいごんの》大納言という位をいただいている。目《め》下《した》の者が貴人の名前を呼ぶことは無礼であるため、公には官位で呼んだり、お世継ぎ様、西の丸様などと呼ぶのが通例だ。

「つ、遣いなど、聞いておらぬ」

白髪混じりの添番は、年若い加門に、唾を飛ばす。

「は、大納言様はこれを見せよ、と仰せになられました」

加門は懐《ふところ》から、小菅御殿で手渡された物を出した。金蒔絵《きんまきえ》の葵御紋《あおいごもん》が輝く印籠《いんろう》だ。

くっと、添番の喉が鳴り、その身が反転した。

「通られよ」

中へと入り、出て来た小姓に再び来意を告げる。

中奥の小部屋に通されて、待たされることとなった。

ほどなくしてやって来たのは御坊主《おぼうず》だった。女性ながらに剃髪し、羽織袴姿だ。大奥と表との遣いは、この御坊主が行っている。

三度、来意を告げると、御坊主は、

「お待ちを」

と、言って奥へと戻って行った。

しんと、辺りが静まりかえる。

時折、通り過ぎる風が、庭の木々を揺らす音を立てた。

じっと耳を澄ませていると、そこに別の音がまじってきた。人の声だ。

廊下をゆっくりと歩いて来る二人の男。声が若い。

御庭番の習性で、加門は自然と相手のようすを推し量っていた。

声が言う。

「やはり富士の見える部屋がいいですね。兄上が主になられたら、わたしに梅の間を使わせてください」

もう一人の声が言う。

「うむ、よいぞ。梅の間と言わず、好きな部屋を使うがいい」

ははは、と笑いを含んだ声が返る。

加門は息を吞んで身をすくめた。

この声は……と、胸の内で動悸《どうき》が鳴る。それを抑えるように身動きを止め、じっと耳だけを廊下に向けた。

「これで晴れ晴れとしますね」

声と足音がゆっくりと部屋の前を通り過ぎて行く。と、その向こうから、別の足音が近づいて来た。小さなその足音は、一度、止まった。廊下の二人に、礼をしたのだろう。そして再び歩き出し、こちらに向かって来た。先ほど聞いた御坊主の足取りに間違いない。

「お待たせを」

障子が開いて現れたのは、やはり御坊主だった。

「こちらへ」

廊下へと促され、加門は唾を呑み込んだ。

今し方通り過ぎた二人は、まだ廊下にいるはずだ。二人は、まさかこの部屋に人がいるとは思わずに話をしていたに違いない。今、出れば、その二人と顔を合わせることになる。

腰を浮かせたまま逡巡《しゅんじゅん》する加門を、御坊主は怪訝《けげん》そうに見る。

「お幸の方様はあちらのお部屋にお越しになります。さ……」

手で出るようと催促される。

加門の頭の中は動揺していた。

あの二人はおそらく……いや、いっそ確かめほうがいい……。そう意を決して、加門は思い切って立ち上がった。

廊下に出る。と、その先に二人が驚きを顕《あら》わに立ち竦んでいた。

「兄上……」

うろたえる一人を、兄と呼ばれた男が腕で制す。

加門は頭を下げて、歩き出した。

二人の顔は知っている。

兄は吉宗の次男宗武《むねたけ》、弟は三男の宗尹《むねただ》、家重にとっては二人の弟だ。

兄弟は、普段は二の丸で暮らしている。

加門は一礼をすると、何食わぬふうを装って、腰をかがめながら二人の前を通り過ぎた。

「待て」

宗武の声が上がった。

足を止めた加門の背に、言葉が続く。

「そのほう、何者か」

加門は腰をかがめたまま、身体を反転させた。

「は、某《それがし》は宮地加門と申しまする」

じっとりと手に汗がにじみ出る。

「何用で西の丸におるのか」

宗尹が半歩、踏み出して問う。

額にも汗が浮き出てくる。二人は、今の話を聞かれたかどうかが気になっているに違いない。困った……。唇を嚙みしめていると、廊下に別の足音が立った。

「なにをしておいでか」

女の毅然《きぜん》とした声が発せられた。

顔を上げると、そこには錦《にしき》の打ち掛けをまとったいかにも大奥然とした姿があった。

お幸の方だ……。加門は息を吞む。以前、西の丸御広敷の庭で、家重とともにいる姿を見たことがある。

お幸は正室増子亡きあと、西の丸大奥を取り仕切っている。さらに、今は世子のお子を懐妊したお腹様だ。

「これは……」

宗尹が出していた足を引く。

そこにお幸のほうが足を踏み出し、二人に身体を向けた。

「そこの者は妾《わらわ》に用向きがあって参った遣いの者。お世継ぎ様の御用で、これから話をするところですが、なにか」

ことさらにお世継ぎ様という語に力を込めるのを聞いて、二人の弟は横目で視線を合わせた。

「そうでしたか、これは御無礼を」

兄の宗武が姿勢を正す。言葉は丁寧だが、それを発する口元は歪んでいる。

お幸は兄弟にくるりと背を向けると、

「参れ」

と、加門にちらりと目を向けて歩き出した。廊下を進む打ち掛けのあとに、加門は続く。

部屋に落ち着くと、加門は改めて深い息を吸い込んだ。

お幸は廊下を横目で見やると、赤い唇を曲げた。が、すぐに戻して、加門と向き合った。

「そのほう、家重様からの遣いとな。ごようすはいかがであられた」

「はっ、お身体も回復なされたようにお見受けいたしました」

「さようか……」お幸はほうと溜息を吐くと、ゆったりとした京言葉を続けた。

「妾が看病に参りたいのやけれど、今は動かぬほうがよいと医者に止められておるのや。ご快復あそばされておられるのなら、喜ばしいこと」

はっ、と加門は懐に手を入れた。

「大納言様はこれをお幸の方様にと」

託された書状を、膝行して膝元に置く。

手に取って開いたお幸はそこに何度も繰り返し目を走らせた。文は一枚で、ごく短い文章らしい。読むお幸の目元が弛んでいくようすから、懐妊した妻への気遣いらしいことが察せられた。

お幸は口元を弛めて文をたたむ。

「大儀であった」

「はっ」

加門は平伏する。

その耳に、部屋を出て行くお幸の衣擦《きぬず》れの音が、伝わって来た。

御用屋敷の居間で、加門は父と火鉢《ひばち》を囲んでいた。

五徳《ごとく》の上に網を載せ、そこにみかんを置く。

そのみかんは先ほど、同じ御庭番である村垣家《むらがきけ》の三女千秋《ちあき》が持って来たものだった。

「加門様はみかんがお好きなのを思い出して、持って参りました」

そう言って、千秋は籠に山盛りのみかんを差し出したのだ。

千秋は加門の妹芳乃《よしの》と仲がよい。

「よかったですね、兄上」

芳乃が、籠に盛ったみかんを手にして微笑《ほほえ》む。

「なれど、あまり食べ過ぎないようにと母上が仰せです。もう夕餉《ゆうげ》ですし、兄上はお腹が治ったばかりなのですから」

芳乃の尖《とが》らせた口に、加門は笑顔を返した。

「ああ、わかっておるよ」

「夕餉は大根といかの煮物ですよ」

芳乃はそう言いながら、台所へと戻って行く。

火鉢のみかんから、皮の焦げた香ばしい香りが立ちのぼってきた。

「そら、いいぞ」

父がそれを加門に差し出す。

「あちち」

手の上に焼きみかんを転がしながら、加門は父を見た。今日の西の丸でのできごとが、ずっと頭から離れない。が、口にするのはなんとなくためらわれた。

「父上、上様も三人兄弟だったんですよね」

代わりに別の言葉が口を突いた。

「ああ、なんだ、急に。まあ、幼くして亡くなられたご次男がおられたそうだから、本当は四人兄弟。が、実質は三人兄弟の末としてお育ちになったということだな」

「父上は上様の兄上様を覚えておられまするか」

「ああ、藩主を継がれた綱教《つなのり》様が亡くなられたのは、わたしが十四のときだったからな。といってもお目見えなどとは無縁。参勤交代のお行列を、子供の頃に遠くから拝見しただけだ」

「亡くなられたのはおいくつのときだったんですか」

「四十一であられた。若いとはいえないが、年寄りでもない。病でしばらく寝付かれていたそうだが、あのときには大騒ぎになったものだ。まあ、そのあとのほうがもっと大変であったがな」

父もみかんの皮を剝《む》く。さわやかな香りが広がった。

「弟君も亡くなられたんですよね」

「そうだ、松平家に養子に行かれていた頼職《よりもと》様が、兄上の病を受けてまた紀州徳川家に戻られ、家督を継がれたのだ。しかし、そのすぐあとに御隠居様が倒れられた」

「二代藩主様ですね」

加門は頷く。その頃のことは、紀州藩士なら誰でも聞かされる話だ。紀州徳川家二代目となった光貞《みつさだ》は、三十一年間藩主を務めたのち、元禄《げんろく》十一年、嫡男綱教に家督を譲った。が、宝永《ほうえい》二年の五月に綱教が死去。そのあとを追うかのように、八月に光貞も逝去した。

光貞危篤《きとく》の報を受けた頼職は、江戸藩邸から早馬を飛ばし、父の最期に立ち会うことはできた。が、その頼職も続いて病に倒れ、九月に没してしまう。それによって吉宗が藩主の座に就いたのだ。

「頼職様はまだ二十六歳だったんですよね。どのような病だったのでしょう」

加門はこれまでずっと抱いていた疑問を初めて口にした。

「さあ、それはわからぬ。早馬を飛ばした無理がたたったとも、たび重なる心労で身体を壊されたとも言われておるがな」

父は上目で加門を見る。

「そのようなことは問うても意味はない。軽々《けいけい》に口にするでないぞ」

「はい」

加門は眼を伏せて、みかんを鼻に付けた。胸の奥に、最近浮かんだものの、言葉にできないでいる考えがある。が、思い切って相談してみるべきではないか……。その思いをみかんの香りが後押しした。

「父上、御船手組《おふなてぐみ》に船を出してもらうことはできるでしょうか」

は、と父の眼が見開いた。

「なんだ……なにを考えている」

加門はみかんを膝に置いた。

「はい、実は……」

四

本丸御広敷の庭に、吉宗の姿があった。そぞろ歩く将軍に、皆、平伏して道を空ける。同じように頭を垂れていた加門の目に、人の足先が映った。見上げると、小姓が腰をかがめて言った。

「上様がお呼びだ」

は、とあわてて立ち上がり、加門は小走りで錦の羽織の背を追った。

葵御紋の付いた羽織は、人気《ひとけ》のない木立に向かっている。小姓もいつの間にか離れていた。

追いついた加門の気配を察したように、吉宗が振り向く。

「家重のようすはいかがであったか」

「はっ、ずいぶんとご回復されております」

「ふむ、そうか。そのほうの薬も効いたのだな」

また歩き出す吉宗に、加門も「いえ」と謙遜しながら三歩下がって付いて行く。

言うべきか、控えるべきか……。加門の中で迷いが渦巻く。昨夜、父は「申し上げてみよ」と言ってくれた。しかし、本当に良いものか……。

前を行く吉宗が、頭上の鳥の声に立ち止まった。見上げる横顔がおだやかに映った。

加門は大きく息を吸い込んだ。

「上様、真《まこと》に畏《おそ》れ多いことですが、申し上げたきことがありまして……お許しいただけますでしょうか」

ふむ、と吉宗が顔を向ける。

「なんだ」

「はい、実は某《それがし》にある考えがあるのですが……」

「ふむ、考えとはなにか、言うてみよ」

「はっ……」

頭上で鳥の声が響き渡った。

夜の闇が広がる。

この小菅の夜は江戸よりもさらに闇が深い。が、空に浮かぶふくらみはじめた月が、ほのかな光を放っていた。

小菅御殿の塀を、加門は見上げていた。普段の羽織袴姿ではなく、藍染《あいぞ》めで細身の着物と袴だ。頭から黒い手拭いを頬被《ほおかぶ》りしている。

加門は腰の長刀を抜くと下《さ》げ緒《お》でくくりつけ、その先を腰の帯に結んだ。刀を立てると、地面を蹴る。片足を刀の鍔《つば》にかけて、さらに飛び上がる。塀の上へと身体が乗った。下げ緒を引いて刀を引き上げると、それを腰へと戻した。

ひらりと、塀から飛び降りた。

塀の内はしんと静まりかえっている。

加門は裏口へと回り、縁の下に潜り込んだ。板を外して、内側へと入り込む。

将軍家の御殿とはいえ、普段は休息程度の滞在しかしないため、それほど堅牢な造りではないことは見てとっていた。

前に上がった台所の板間を目指して、そっと進んで行く。上がり框《かまち》の板が外れそうだと感じていたためだ。思惑どおりに板を押し上げると、それはすぐに外れた。息をひそめて、その隙間から外へと出る。窓から月明かりが薄く差し込んでいる。

忍び足で奥へと進むと、ある部屋の障子を開けた。以前、入ったことのある意次の部屋だ。布団に横たわる寝姿が窺える。

黒い頭巾《ずきん》を外してそっと近寄ると、加門は寝息をたてる意次の肩を押した。

目を開ける意次の口に手を当て、加門は覗き込んだ。

「わたしだ、加門だ」

「加門」

跳ね起きた意次に、加門は頷く。

「城へ戻ろう」

「なに」

「上様の御下命もいただいた。夜明け前にここを出て、家重様をお城にお戻しする。大川に船も着けてある」

「なんと……」

驚く意次に、加門はにっと笑って見せた。

「帰ると公《おおやけ》にすればどのような妨害を受けるかもしれないからな、これが一番良いと思ったのだ」

「なるほど」

意次の顔がみるみる明るくなり、布団をはねのけた。

「よし、そなたは家重様をお起こししてくれ。わたしは家来衆を起こしに行く」

「わかった」

加門は頷いて、また忍び足で廊下へと出た。

背後で、あわただしく身じたくを調えた意次が灯りを手に出て行くのが感じられた。

最奥の部屋の襖をそっと開ける。

部屋の隅に小さな行灯《あんどん》が灯り、布団の脇で小姓が座ったまま眠っている姿が見えた。

加門は音もなく寄って行き、小姓の口を塞いだ。驚いて目を覚ます小姓に、ささやく。

「案ずるな、上様の御下命だ」

頷く小姓から離れ、家重の元に寄った。さすがに口を塞ぐわけにはいかず、加門は耳元に口を寄せた。

「大納言様、お迎えに参りました」

うっすらと目を開ける家重に加門は顔を見せた。

「上様の御下命もいただいております。お城に戻りましょう」

「そのほう……」

加門であることに気づいて、家重が身を起こす。

「はい、西の丸にお戻りください」

加門の言葉に、家重ははっと目を見開く。と、すぐに大きく頷いた。

「うむ、戻る」

立ち上がった家重に、小姓が駆け寄って着替えを助ける。

そこに大岡忠光と意次がやって来た。

「今、家来衆を起こしました。駕籠のしたくをさせます」

意次が差し出す帯を、家重が受け取る。

御殿の奥は、誰もが音を立てぬようにしつつも、騒がしさが漂い出した。

加門は窓を小さく開けて空を見上げた。東の空が、墨のような闇から、ほのかに青味を帯びつつある。

加門が振り向いて、

「駕籠を縁側に回してください。そこから出ましょう」

と言うと、すぐに小姓が走って行った。

縁側の雨戸を開けると、冷たい外気が流れ込んできた。

駕籠がやって来て、待機する。

意次が、藍染め衣装の加門に、己の着替えらしい羽織を差し出した。

「これを着ろ」

「いや、奴《やっこ》の着物はないか」

ふむ、と意次は若い侍に指示を出す。その侍はすぐに薄茶色の奴の衣装を持って来た。加門はそれを上から羽織って、紐で締める。

身じたくを整えた家重が廊下に出て来てた。庭先で待つ駕籠へと向かう。と、屋敷の表から声が上がった。

ばたばたと人の走る音が響き渡る。

「なにごとか」

御殿詰めの武士らが騒ぎに気がついたのだ。

意次がダンと足を踏み鳴らして、前に進み出た。

「上様の御下命により、これより大納言様は城に戻られる。門を開けよ」

居並ぶ家来衆に、御殿詰めの武士らは半歩下がった。

「はっ」

かしこまって礼をすると、表へと戻って行った。

「さ、参りましょう」

加門の誘導に、家重は頷いて駕籠へと乗り込んだ。

門が開き、一行が外へと出て行く。

空の青味が頭上に広がりつつあった。

大川に着いて船に乗り込む頃には、暁《あかつき》が広がりそうだ。加門は空を見上げながら、行列のしんがりについて、うしろを振り返りつつ歩いていた。

行列は千住の宿に入ろうとしている。

と、加門の足が止まった。

ひとかたまりの人影が追って来るのが見てとれたためだ。

「お急ぎを」

行列に声を投げる。

「どうした」

立ち止まる意次に、

「追っ手だ」

と、告げる。

加門は刀を抜いて、人影に向いた。

足軽ふうの男達五人が間近に迫ってくる。おそらく、御殿の内と周辺に潜んでいたのだろう。家重を小菅御殿に閉じ込めた者が、潜ませていた隠密に違いない。

一人が抜け出て、走り出す。その目は駕籠を追っている。

加門は身を躍らせて、その男の腹を斬った。

もう一人も走り出た。

躱《かわ》して通すと、うしろから斬り捨てた。

行列を見ると、足早に進んでいる。意次だけが立ち止まって、双方を見守っていた。

「逃がすな」

人影から声が上がり、また一人、進み出る。

加門は正面に回ると、刀の峰で眉間《みけん》を割った。

一人が横をすり抜けたのに気がつき、加門も走る。

「待て」

走りつつ、加門は懐に手を入れた。棒手裏剣《ぼうしゅりけん》を取り出して、敵のふくらはぎめがけて打つ。

鋭い切っ先が突き刺さり、男がよろけた。

そこに追いついて、刃を振りかざす。が、相手が向き直った。

双方の刃がぶつかり合う。

重い音を響かせながら、二人の身が翻《ひるがえ》った。
やぁっ、という声とともに、加門の刀が振り下ろされた。
肩から胸を斬って、刃が翻る。
崩れ落ちる男を見て、加門はふっと息を吐いた。と、すぐさま行列の方向を見た。
人影はもう一つあったはずだ。
道の途中にいくつかの影が動いている。
供侍が迎え討っているのわかった。
ほどなく、一つの影が地面に崩れた。
意次が加門に近寄って来る。
「助かったぞ」
いや、と加門は意次の肩を押した。
「急ごう。もう明るくなる」
走って行列に追いつく。
一行は千住の宿を抜け、大川に近づきつつあった。
「ここまで来れば大丈夫だ」
加門と意次は頷き合う。

暁を水面に受けた大川には、公儀御船手組の船が浮かんでいた。

第二章　潜伏

一

「西の丸様がお戻りになったぞ」

江戸城内に、瞬く間に知らせが広まった。

朝、家重一行が桜田門に着いたときには、皆が集まってきた。

主の不在で不安気だった家臣らがたちまちに顔を輝かせたのを、加門も見ている。

昼近くになり、加門はそっとようすをうかがいに行った。

家重が御殿に落ち着いたことで、西の丸もすっかり落ち着きを取り戻していた。御広敷の周辺でも、家臣らが歩み寄っては言葉を交わしている。

「いや、お世継ぎ様のお姿を見て安堵したわ」

西の丸では、語気を強めてお世継ぎ様と呼ぶ。そこには家臣らの意気が込められていた。

「どうなることかと思ったがの」

家重の将来は、そのまま家臣らの行く末に直結する。

「うむ、お元気そうで安心した」

「ああ、これでひとまずは安泰よ」

そうささやき合う声を聞きながら、加門は西の丸を離れた。

ゆっくりと本丸御広敷へと戻る。

竹箒《たけぼうき》を手にして、加門は庭を掃き出した。落ち葉を集めながら、本丸御殿の廊下を見つめる。

将軍謁見《えっけん》の間《ま》である白書院《しろしょいん》に続く松の廊下には、重臣達の行き来が絶えない。箒を手に、横目でそれを見つめる加門は、あっと声を出しそうになって、思わず手に力を込めた。

廊下をやって来たのは、老中首座《ろうじゅうしゅざ》を務める松平和泉守乗邑《まつだいらいずみのかみのりさと》だ。五十一歳にしては若い足取りで、畳の廊下を踏みしめている。が、その顔は不機嫌そのものだ。

木の陰から見つめる加門は、その口が動くのを見て取った。口の動きで言葉を読み取るのは、御庭番の特技の一つだ。

まったく、とその唇は、声にならないつぶやきを洩らしていた。

やはりな……。と、加門は顔をそむける。

乗邑はその聡明さがつとに知られている。それを吉宗が評価し、順番でいえばより先に出世すべき者らがいたにもかかわらず、それを飛び越して乗邑を重臣へと引き上げた。当時三十八歳であった乗邑を、特別扱いで老中に就けたのである。

頭の回転が速く、判断も素早い乗邑は物言いも率直だ。そして、その率直さで、吉宗に己の意見を言上《ごんじよう》した。

それは家重を廃嫡《はいちやく》すべし、というものだった。

家重は言語が不明瞭《ふめいりよう》で、反応も遅くはっきりしない。そうした人物は将軍の跡継ぎに不適格、と乗邑が感じたのは明らかだった。それよりも才気煥発《さいきかんぱつ》と評判の高い次男宗武こそが跡継ぎにふさわしい。その考えを、乗邑は憚《はばか》ることなく、将軍に進言したのである。

それは次男宗武の思いとも重なるものだった。

幼少の頃から英明を認められていた宗武は、暗愚とも見える長兄よりも、己のほうが跡継ぎにふさわしいと自認している。乗邑の後ろ盾を得て、宗武はますますその意を強めていた。

そのことは、将軍の御側衆や重臣らの皆が知っている。宗武も乗邑も、己の考えを隠すことなく言葉にしているからだ。そして、それに追随する者らも現れていた。

加門は箒を手に、そっと庭を離れた。

いつもの御広敷の庭へと戻って行く。

木立の中から、加門は本丸と西の丸の御殿を見比べた。

問題は、吉宗自身もその進言に心を動かされているということだ。

吉宗が幼少の頃から英明で才気煥発であったという話は、家臣なら誰でも聞かされて知っている。そういう吉宗にとって、家重が物足りなく映るのは想像に難《かた》くない。確かに、次男のほうがすべてにおいて勝って見える。進言は的を射ていると、吉宗に迷いを生じさせたことは間違いない。御側衆や重臣、それに御庭番衆もその迷いに気がついていた。

しかし、長子相続は家康の遺言だ。

三代家光《いえみつ》を巡って廃嫡問題が起きたさい、家康が「跡継ぎは長男に」と定めたことは今も尊重されている。吉宗も重臣らも、それを蔑《ないがし》ろにすることはできない。家重を巡っては、実はそうした葛藤《かっとう》が根底にあるのだ。

加門は庭を歩きながら、木枯らしに眼を細めた。すでに師走《しわす》も半ばになろうとしている。

詰所に寄って、ひと息をつく。

中奥の片隅であるここには火鉢が置かれ、代々からの伊賀者が暖を取っている。伊賀者の中には、年寄りも多い。それを目にして、大奥の女性が情けをかけたことから、ここでは堂々と温まることが許されているのだ。が、若い見習いである加門が、火鉢に寄るわけにはいかない。

「ふう、寒い寒い」

「冷えるなあ」

そんな声を背中で聞きながら、入り口に立って外を見ていると、見知った若侍がこちらにやって来るのが見えた。将軍の小姓だ。

目が合って身構える加門に、小姓は頷く。

「上様がお呼びです。雪の間に」

「こたびは御苦労であった」

吉宗の言葉に、加門は「はっ」と、平伏する。

家重を連れ戻す、という考えを話したときには、吉宗は少し逡巡《しゅんじゅん》したように見えた。が、しばしの間を置いてこう言った。

「ふむ、世継ぎに小菅で正月を迎えさせるのは障《さわ》りがあろうな。余も西の丸の留守が長引くのを案じていたところだ。よい、その考え、行ってみよ。船を出すよう、命《めい》を下そう」

そう言われて、実行に移したのだ。そして、無事、家重を西の丸へと連れ戻すことに成功したのが数日前のことだ。

吉宗は右肩を落とすと、加門を見つめた。

「そう堅くならずともよい。年若いにもかかわらず、よくもあのような大胆なことを考え、成し遂《と》げたものだと感心しておる。それゆえ、そなたには改めて命を下すことにした。面を上げよ」

「はい」

上体を起こした加門に、吉宗は顎を撫でてみせる。

「小菅に使わした徳丸法印、それとその弟子の医者を調べてみよ。まあ、余はただの診たて違いだったのではないか、とも思うているのだがな、されど、真に他意がなかったというふうに断言もできぬ。少なくとも西の丸のほうでは、そうした疑念を抱いておるのだ。よって、これは家重からの訴えでもあるのだ」

　なるほど、と加門は腹の中で考えを巡らせた。上様は事を荒立てたくないとお考えなのかもしれない。が、家重様は疑念を抱いておられる。なにしろ、廃嫡を言い立てられているのだ。事の次第をはっきりと知りたいとお考えなのだろう……。

「かしこまりました」

「相手は町医者だ。しばし、町に潜んでみるのがよいだろう」

「町に、ですか」

　御庭番が身分を隠して町暮らしをしたり、旅をするのは珍しくない。

「うむ、話は通しておくから案ずるな。それと、家重もそなたに命じたいことがあるそうだ。あとで西の丸の庭へ参れ」

「大納言様のご命令……よろしいのですか」

　御庭番に命を下せるのは、将軍か御側御用取次《おそばごようとりつぎ》のみというのが基本だ。

　だが、待てよ、と加門は自問した。

　このままいけば大納言家重が次の将軍となるのだから、御庭番衆は家重の家臣となる。となれば、将軍が跡継ぎへと、今から繋ぎをつけるのも不思議ではない。廃嫡か、跡を継がせるか、迷っているとはいえ半々なのだな……。そう忖度《そんたく》して、加門は頷いた。

「かしこまりましてございます」

加門は改めて畳に手をついた。

夕刻近くの西の丸は、西陽を浴びて明るい。

庭で待っていると、家重と意次が姿を見せた。

礼をする加門に、家重は初めて見る穏やかな面持ちで頷くと、くぐもった声ながら、はっきりと言った。

「こたびの、働き、大儀で、あった」

加門は頬を弛めそうになるうれしさをかみ殺して、「はっ」とお辞儀をする。

「四阿《あずまや》に参ろう」

意次の言葉に、庭の築山にある四阿を目指した。

「御殿は鼠《ねずみ》が出るゆえな」

意次は加門に耳打ちをする。

西の丸の庭はもともと高台だ。築山からは、すぐ前に広がる海原を、遥《はる》か房州《ぼうしゅう》まで見渡すことができる。西には富士山の優美な姿が浮かび、夕焼けを背にした山容は一幅の絵のようだ。

その景色に目をやりながら、四阿に落ち着く。と、加門は懐から預かっていた印籠を取り出した。

「こちらをお返し申し上げます」

意次がそれを受け取る。と、家重は帯に差していた短刀を抜いて差し出した。漆《うるし》塗《ぬ》りの鞘《さや》に、葵の御紋が蒔絵で記されている。

「これを、とらす。ほうび、じゃ」

は、と目を瞠《みは》る加門に、意次が頷く。

「ありがたくいただいておけ。こたびの働きの賜《たまもの》だ」

「はっ」加門は姿勢を正す。「ありがたく頂戴いたします」

両手でうやうやしくそれを受け取った。ひやりとした漆塗りの手触りが心地よい。

「加門」

家重の口がゆっくりと動く。

「はい」

「父上、にも、お願い、したが、あの医者を、調べよ」

「はい、承知いたしました」

「それと……」家重は、重い口をゆっくりと開いた。

「そのほう、医術を、学べ」

は、と戸惑う加門に、意次が言葉をつなげる。

「大納言様は、そなたの医術の腕を見込まれたのだ。なので、もっとそれを磨《みが》けと仰せになられておる」

「うむ」家重が頷く。「医者は、信用、できぬ」

「はい、真に」意次も眉を寄せて頷いた。

「このたびのこと、不審を感じずにはおられぬ。この先もこのようなことが起きれば、信頼できる者の判断が必要となろう。それゆえに、そなたにそれを託したいとお考えなのだ」

うむと頷く家重に、加門はごくりと唾を呑み込みつつ、背筋を伸ばした。

「某《それがし》、医術に関心がありますゆえ、ありがたきお言葉」

ふむ、と意次が加門を見る。

「上様から、町医者を探れというご下命があったであろう。そのついでに学んでくれればいい。こちらからも手を回しておこう」

にっと笑う意次に、加門も思わず笑みを返した。

三人のあいだに海からの風が吹いてくる。

「お身体に触りますゆえ、お戻りを」

意次の言葉に家重が立ち上がる。

築山を降りながら、意次は加門にそっとささやいた。

「明後日、わたしの屋敷に来い。ゆっくり話そう」

わかった、と加門は目で頷いた。


田沼家はよくある旗本屋敷だ。六百石といえばごく普通の格であるため、屋敷もそれほど立派なものではない。が、御庭番の御用屋敷に比べれば、はるかに見栄えがする。

父の意行が存命だった頃に、加門は何度か訪れたことがあった。意次が継いだ今も、その頃とほとんど変わっていない。

「まあ、楽にしてくれ」

意次の言葉に、加門は胡座で向かい合う。

その二人の前に、茶と菓子が運ばれて来た。若い女中がちらりと加門を見て、恥ずかしそうに出て行く。

「美男は得だな、見ろ、菓子までいい物を持って来たぞ」

そう言って笑う意次に、加門は照れを隠して渋面《じゅうめん》を作る。

「なにを言う、そなたこそ……」

意次は端整な顔立ちをしている。西の丸で節分《せつぶん》の豆まきをするときには、意次見たさに奥から女中達が出て来るともっぱらの噂だ。頬を染めた女中達は、皆、意次の豆を受けようと、手を伸ばすのだと聞いたこともある。それを想像し、吹き出しそうになるのを、加門はぐっと呑み込んだ。それよりも重要な話がある。

「明日、町に移ることになった。市中に御公儀で持っている家が何軒かあるそうで、そのうちの一軒に住むようにと、昨日、添番頭から指示が出たのだ。神田《かんだ》の須田町《すだちょう》なのだがな」

「ほう、そうか、それは都合がいい」

「都合、とはどういうことだ」

「そら、家重様が医術を学べと仰せられたであろう。修業をさせてくれる町医者が、日本橋《にほんばし》の大伝馬町《おおでんまちょう》に住んでいるのだ。近いから通うのに都合がいいであろう」

「医者とは、もうそんな手配まですんでいるのか」

驚く加門に、意次は頷く。

「うむ、家重様の御意向を聞かれて、小姓番頭の大岡忠光様がすぐに動かれてな、越《えち》前《ぜん》様に尋ねてくださったのだ」

「越前様とは、あの町奉行を務めておられた大岡様か」

大岡越前守忠相《おおおかえちぜんのかみただすけ》は名町奉行として名を馳《は》せていた。この元文元年にはその実績を買われて、寺社奉行へと昇格している。

「うむ、大岡忠光様と大岡忠相様は、又従兄弟《またいとこ》同士なのだ。で、聞いてくださったら、阿部将翁《あべしょうおう》先生という方を紹介してくださったのだ」

「阿部将翁先生、本当か」

「ああ、知っているのか」

「もちろんだ、本草学《ほんぞうがく》の有名な先生だ。御公儀の採薬使《さいやくし》を務められたこともあるし、御薬園造りにも参画しておられる。本草学をかじった者なら、知らぬ者はおらん」

「そうか、ならばもってこいだな。越前様から話を通してくださるそうだ」

そうか、と加門は思わず手を振り上げた。やる気が漲《みなぎ》ってくる。

意次はそんな加門を見て、神妙な面差しになった。

「家重様は日頃は医官にかかっているが、本当は、それすらもあまり信用されておられぬのだ。いざというときのために、医学を修めてくれれば心強い」

加門は家重の二人の弟と松平乗邑の顔を思い出した。

「あからさまに廃嫡を唱えられているのだから、さまざまに疑念を抱かれても無理はないな。しかし、松平乗邑様がそこまで介入するのはいかがかと思うのだがな、上様もよくお許しになられているものだ」

「うむ、それはな、我らも忸怩《じくじ》たるものがあるのだが……なにしろ、乗邑様は弁が立ち、誰も言い返すことができないらしい。頭の良さを上様も買っておられるから、上《じょう》奏《そう》もいちいちご検討なさるのだろう」

「それほど頭が良いのか」

「ああ、これは大岡忠光様から聞いた話だがな……越前様が町奉行を務められた頃、乗邑様にある訴訟のご報告をされたそうなのだ……」

町奉行は、重大な事件の場合、老中に裁可を仰ぐことになっている。

「越前様は何日もかけてややこしい訴訟の内容をまとめ、ご報告に上がったそうだ。そして、乗邑様にご説明をはじめたところ、話半ばに至る前でその要点をずばずばと言い当て、話の終いまでを推察されたらしい。それが、的確な洞察と指摘だったことで、越前様はその鋭さに舌を巻かれたという話だ」

へえ、と加門は目を丸くする。

「それを上様は評価されておられるということだな」

「うむ。その手腕に、今や多くの者が傘下に集まっているらしい。ましてや、乗邑様の推す宗武様が将軍に就けば、一気に出世の波に乗れるからな」

「尻馬《しりうま》に乗ろうとするのは、人の常ということか」

「そうだな」

意次は腕を組んで、廊下へと顔を向けた。

「誰かあるか、酒と膳を頼む」

酒と聞いて戸惑う加門に、意次はにっと笑った。

「よいではないか、今日は泊まっていけ。山海の珍味を用意してある。礼と詫びだ」

「詫び、とはなんだ」

「うむ、家重様を無事にお城にお連れした手柄だがな、わたしの手柄になってしまっているのだ」

「なんだ、そんなことか」

加門は身体を揺らして笑い出した。

「こっちは御庭番だ。表に出るわけにはいかぬのだから、当然のことではないか」

「いや、しかし、こちらは気がすまぬ。膳ごときでは足らぬのだが……」

恐縮する意次の肩を、加門は身を乗り出してぽんと叩いた。

「よし、ではご馳走になるから、それで気をすませてくれ。たまにはゆっくりと酌《く》み交《か》わすのもよいしな」

「うむ、飲もう」

意次は顔をほころばせると、にやりと笑った。

「しかし、そなたが市中に住むなら、これから気楽に訪ねて行けるな」

御庭番は部外者との不必要な交流を嫌うため、御用屋敷に人を招き入れるのは、暗黙の禁止事となっている。

加門も笑みを浮かべつつ、指を立てて横に振った。

「そうだな、寄ってくれ。しかし、供は付けてはならんぞ、それに目立たぬように質素な形《なり》でな」

「おう、そうか」

「うむ、そうだ」

はは、と二人の笑いが重なった。

二

須田町。

加門は家の窓と裏口の戸を閉めた。奥行きはさほどないが、二階に三間、下が二間に台所のそれなりの一軒屋だ。

前は誰がどのような目的で使っていたのかわからないが、夜具も食器も暮らしに要る物はすべて揃っている。公儀の命《めい》でやって来た者が、そのつど、必要なものを足したのだろう。なにに使うのかわからないような道具まである。

「さて、出かけるぞ」

独りごちて、加門は風呂敷を小脇に外へと出た。

医者の阿部将翁を訪ねなければならない。役目ではあるが、それ以上に沸き立つ気持ちが足取りを軽くさせた。

医術を学ぶ傍ら、町医者徳丸法印と細木昇庵を探るというのが御下命だ。医者の元に出入りをしていれば、二人のことを聞く機会もあるはずだ。二つの御下命を同時に果たさなければならない。そう思うと、腹の底に力が湧いてくるのを感じていた。

「おはようございます」

昨日、挨拶《あいさつ》に訪れた大きな一軒屋の前に立った。阿部将翁の医学所だ。

加門は戸を開ける。と、土間に多くの雪駄《せった》や草履が並んでいるのを見て、加門はあわてて上がり込んだ。講義は朝五つ半（午前九時）からと聞いていたのに、すでに人が集まっている。ほとんどは若い武士か医者の見習いというようすだ。加門は空いている席を見つけて、座り込んだ。

すぐにひょろりとした老人が現れ、皆を見渡した。年は七十一と聞いたが、かくしゃくとして、背筋もまっすぐだ。ただ、さすがに総髪で切りそろえた髪は真っ白で、薄い。が、声は腹から力強く放たれた。

「昨日の続きの『神農本草《しんのうほんぞう》教《きょう》』を講義いたす」

そう言って本を開きながら、阿部は加門を見た。

「今日から入った新参の者がいると聞いている。そなたか」

「はい」立ち上がって礼をする。

「宮地加門と申します。よろしくお願いいたします」

「ふむ、そなた、『神農本草教』は知っておるか」

「はい、読んだことがあります」

「読んだとな」

皆もいっせいに加門を見る。

しまった、と加門は口を噤《つぐ》んだ。どこで読んだと聞かれたらどうしよう……と、うろたえる。

『神農本草教』は江戸城の御文庫《おぶんこ》から借りた物だった。学問を重視した徳川家康は城内に書物を集めた御文庫を造り、それを家臣にも貸し出していた。それをさらに吉宗が充実させ、やはり家臣に貸し出している。有名な書物は幾人もの大名から献上されることもあり、複数所蔵されている物も珍しくない。加門はそこから漢時代の有名な医書『神農本草教』を借りて読んだのだった。

「ふむ、では、薬には三種あると書かれているのを知っておるか」

阿部の言葉に、

「はい」

と、姿勢を正すと、阿部は頷いた。

「では、言うてみよ」

「はい。まず一は上品《じょうぼん》でこれは毒性がなく長期にわたって服用することのできる養命薬です。二は中品《ちゅうぼん》で、毒が多少含まれているために、長期の服用には向きません。

三は下品《げぼん》で、毒性が強いために短期の服用しかできぬ物であります」

周りからざわめきが起こる。

「うむ、よい、なれば講義にもついてこれよう。座るがよい」

「はい」

加門は皆の視線を感じながら、腰を下ろした。

「では、よう聞け……」

阿部将翁の口が開く。加門はその言葉を聞き漏らすまいと、一心に集中した。医術を学べというのはお世継ぎ様の御下命だ。そう思うと、自然、肩に力が入った。

昼過ぎにひととおりの講義が終わり、阿部は本を閉じた。

「よし、今日はこれまで。続きはまた明日じゃ」

そう言って師が退室すると、医学所はざわざわと騒がしくなった。加門がほうと息を吐いていると、その横に二人の男がやって来た。

「そなた、医者を目指しているのか」

いかにも武家の部屋住みという若侍に問われ、加門は戸惑いつつ微笑んだ。

「いえ、そこまで意を固めているわけではありません。向くか向かないかもわかりませんので」

適当な言葉でごまかすと、もう一人がむっと口を曲げた。

「そのような低い志の者が来るような所ではないぞ。無礼なやつめ」

「うむ、この道の厳しさを知らんようだな。侮《あなど》っているのなら、そうそうにあきらめることだ」

くるりと背を向けると、二人は外へと出て行った。

呆気《あっけ》にとられてその背を見送っていると、抑えた笑い声が背後から聞こえてきた。

やはり部屋住みふうの若侍が、振り返った加門に、

「気にすることはないぞ」

と、にっと笑った。

「宮地殿と言ったな。わたしは浦野正吾《うらのしょうご》だ。あの二人はそなたが薬三品を諳《そら》んじたので、やっかんだのさ」

丸顔で朗らかに笑う正吾に、加門もここに来て初めて笑顔になった。

「浦野殿か、よろしく頼みます。なにしろまだ、右も左もわからなくて……」

「おう、正吾でよいぞ。わたしは貧乏御家人の部屋住みでな」

「あ、わたしもそうです」

それ自体は嘘ではない。御庭番は御家人であるし、今はまだ部屋住みだ。加門のそ

の返事に正吾は、笑って頷いた。

「お、やはりな。そうだと思ったのだ。わたしはこの学問所は二年目だからな、なんでも聞いてくれ。まず、厠の場所だが……」

正吾はなめらかにしゃべり出す。話は次々に飛び、加門はときに笑いながら、それに聞き入った。

「へえ、では、さきほどの片方は医者の息子なのか」

「ああ、ここには医者の息子がけっこういるぞ。中には将来、医官を志している者もおるしな」

「医官か、難しいだろうな」

加門は城で見かける厳めしい医官を思い起こした。

「そりゃな、だが、多くは町医者止まりだ。まあ、そのほうが儲《もう》かるし、気楽にやっていける。わたしは端《はな》からそっち志望だ」

町医者という言葉に、加門はもう一つの役目を思い出した。

「町医者と言えば、正吾殿は細木昇庵という医者を知っておるか」

「細木、昇庵……」

正吾が首をかしげてから、それを振った。

「いいや、知らんな。その医者がなんだというんだ」

「ああ、いや、名医だと聞いたものでな。誰か知っているかと」

「名医か、名医といってもいろいろだぞ……」

正吾はまたなめらかにしゃべり出した。


数日後。

「おい、加門」

講義が終わったざわめきの中で、正吾が加門を呼び止めた。この何日かで、互いに名を呼び捨てにする仲になっていた。正吾はすっかり加門の世話役気取りで張り切っていて、いろいろと気にかけてくれる。

「細木昇庵を知っているやつがいたぞ」

正吾が腕を引っ張ってきたのは、控えめでこれまで目につかない若者だった。

「この者は相模屋《さがみや》の孫七《まごしち》というんだ。家は大きな廻船問屋《かいせんどんや》をやっていてな」

「孫七です」

温和そうな顔で、ぺこりと頭を下げる。

医者になるのに、身分の縛《しば》りはない。ために、商家や農家の息子でも、優れた者は身分の壁を越える手段として、医者を志すことが多かった。

加門は身を乗り出す。

「細木昇庵に会ったことがあるんですか」

「はい。以前、わたしの妹が病にかかりまして、その折に人づてに名医だからと紹介されたのです」

「へえ、やはり名医なんですね。では、妹さんも元気になったんですね」

加門の問いに、孫七は顔をしかめて、大きく振った。

「とんでもない、元気どころか、死にました」

加門と正吾は絶句して顔を見合わせた。孫七は、眉間にしわを刻む。

「よい薬があるからと言われて、高価な薬をいくども買ったのに、効きやしませんでした。挙《あ》げ句《く》の果てに、もう手遅れだと言い出して、呼んでも来なくなって……細木昇庵は名医どころかとんでもない藪《やぶ》医者ですよ」

憤る孫七に、加門も眉を寄せて見せた。

「それは、確かにとんでもない医者だ」

「ええ、だからわたしは、自分がちゃんとした医者になろうと思い立ったんです」

孫七の言葉に、正吾が感心する。

「へえ、なるほどなあ。それは立派なだぁ」

「うむ」

と、同意しながら、加門は考え込んでいた。そこまでの藪医者とはな……だとすると、師だという徳丸法印も狸かもしれない……。

「いやぁ、名医という話を真《ま》に受けるところだった。孫七殿に話を聞かせてもらってよかった」

加門は神妙な面持ちで孫七に礼を言うと、付け加えた。

「ところで、その藪はどこで医者をやってるんですか」


家の中で、加門は柳行李の蓋《ふた》を開けた。

移ったときに家内をひととおり確かめ、さまざまな衣装があることを発見したのだ。おそらく公儀隠密が使うこともあるのだろう。

「よし、これだな」

加門は軽い色合いの着物を選ぶと、弛めに着付けて帯を締めた。着物も帯も、よれていて張りがない。その着流し姿で浅い編み笠を被ると、『太平記《たいへいき》』を片手に外へと出た。この姿なら小銭を取って本を読んで聞かせる『太平記』読みだと、誰もが思うはずだ。

みすぼらしい草履を引きずって、加門は日本橋へと向かった。ここは江戸開府の折、最初の町屋である本町として開かれ、公儀により薬種問屋《やくしゅどんや》が集められていた。その数が増え、大伝馬町にも問屋街がつくられたのは近年のことだ。

薬種問屋の周辺には、次々に生薬屋《きぐすりや》も開店した。薬剤を仕入れて調合し、煎じ薬や粉薬、あるいは丸薬にするのだ。医者に支払う薬礼は庶民にとっては高額だ。ために、町の人々は、そうした売薬を買って病に当てることが多かった。

また、薬種問屋があれば、それを求める医者も多く集まってくる。日本橋と大伝馬町は、多くの町医者が開業している場所でもあった。

加門はゆっくりと日本橋を歩いていた。

細木昇庵の家は、日本橋の駿河町《するがちょう》だと孫七は言っていた。

ここか……。加門は笠の奥から一軒の家を見た。

本道（内科）、細木昇庵、と書かれた看板が掲げられている。

前を通り過ぎて、加門ははっとその足を止めた。

前から、細木昇庵がやって来る。弟子らしき若者二人に薬箱など持たせ、昇庵は悠然と歩いて来る。小菅御殿で見たときとはあまりにも態度が違うが、細面の顔に坊主頭の僧形は見まごうことはない。

何食わぬ顔ですれ違って、加門はしばらく前へ進んだ。

路地を曲がりながら振り向くと、昇庵が家へと入って行くのが見えた。

しばらく周辺を歩いてから、加門は戻って来た。

昇庵の家に近づくと、腰をかがめる歩き方に変えた。

腹を押さえて、よろめきながら歩く。

そのまま細木昇庵の家に着くと、加門はその玄関を叩いた。

「すみません」

戸はすぐに開いた。が、戸に手をかけた弟子は、加門のみすぼらしい姿を見て、顔をしかめる。その手ですぐさま戸を半分に閉めると、首だけを伸ばして覗き見た。

「なんだ」

加門は身をくの字にして、笠の内から少しだけ顔を上げた。

「きゅ、急に腹が痛くなりまして、診てもらえませんか」

その言葉に弟子はさらに戸を狭めると、右手を挙げた。

「先生は留守だ。そのへんの生薬屋に行って、薬を買うといい」

そう言って、ぴしゃりと戸を閉めた。

足音を立てて、奥へと戻って行くのが、耳で確かめられた。

加門はくの字のままの姿勢で、そっとそこを離れる。

そのまま次の角まで行くと、道を曲がってやっと身体を伸ばした。

振り返ると、口を曲げて胸の内で独りごちる。

居留守を使うとは……人の身なりで判断せよ、と教えられているのだな……。やはりそういう人物か、と得心して、加門は歩き出した。

三

学問所に阿部将翁の張りのある声が響く。

「昨日、ある者が本草学とは草を集める学問かと聞きおった。だから、わしはちゃんと教えてやった。薬草だけではない、薬には石や虫、動物も使うんじゃ、とな。したら、驚いておった」

弟子達から笑いが洩れるのを聞いて、将翁は顎を上げる。

「じゃが、皆がそのように思うておることを忘れてはいかん。薬を出すときには、なにを使っているか、うかつにしゃべらずに、相手の人となりを見ながら話すのが肝要じゃ。中には虫をいやがる者もおるからな」

　今度は皆、神妙な顔で頷く。

「先生」

　その中から手が上がった。加門の初日に、嫌味を言いに来た一人だ。旗本の三男で八木《やぎ》松之丞《まつのじょう》という名だと、あとで正吾が教えてくれた。

「なんじゃ」

　と問う昇庵に、松之丞は立ち上がった。

「本草学は漢の、いえ、漢は滅んで今は清国《しんこく》ですね。ですが、風土は同じ。しかし、かの土地と我が国では、風土が異なりますゆえ、草や虫なども違うのではないでしょうか」

　胸を張る松之丞に、将翁は座るようにと、手で制した。

「うむ、そのとおりじゃ」

　その言葉に、松之丞はどうだといわんばかりに顔を上げる。が、それを戒《いまし》めるように、将翁は腰に手を上げた。

「清国と我が国では、薬草も虫も異なるものが多い。わしは清国で学んでおったときに多くの薬剤を見たが、確かに、我が国にはない物も多かった。だが、代用できるものもあるのだ。それは、基本をひととおり学んでから教えることにする。よいな」

はい、と皆が頷く。

将翁は本を広げると、よく通る声で読みはじめた。

加門は驚きを呑み込んでいた。清国で学ばれたのか……。そう思うと、改めて背筋が伸びる。

ひと講義が終わったあとに、加門は隣に座る正吾を肘《ひじ》でつついて問うた。

「将翁先生は清国で学ばれたのか」

「ああ、そうだ。船が難破して漂着されたそうだ」

「漂着……」

「うむ、先生は生国《しょうごく》の奥州《おうしゅう》から船で大坂に向かっている途中で嵐に遭《あ》ってな、清国まで流されてしまったそうだ。で、せっかくだからと、しばらく医術を学ばれたと聞いているぞ」

「へえ……」

うむ、と正吾は我がことのように胸を張って、人差し指を立てる。

「さらに、だ。清の言葉ができることから、長崎でも清国人からさらに学び、そこでは阿蘭陀《おらんだ》医学まで学ばれたそうだ」

「へぇえ、すごいな」

「そうだ、すごいだろう」

そう言い合ううちに、将翁が戻って来た。

「皆、庭に出よ。薬園に参るぞ」

屋敷の裏には小さな薬園が造られている。

皆は玄関から出ると、南向きの庭へと付いて行った。

冬であるために、草の緑は少ない。

「よいか、この辺りを耕《たがや》せ。春になればすぐに種をまけるよう、土を軟らかくしておくのだ」

「はい」

弟子らはそれぞれに鍬《くわ》や鋤《すき》を手に、霜《しも》で凍り付いた土壌《どじょう》を返しはじめた。

加門は鍬を下ろしながら、皆を見渡す将翁を振り返った。

清や阿蘭陀の医学を学ばれたのなら、御存じかもしれない……。加門の胸には、ひそかに抱いてきた疑問があった。

そっとその場を離れ、将翁へと近づいていく。

「あの、先生」

そう声をかける加門に、将翁は、

「ん、なんじゃ」

と、顔を向けた。

「すみません、教えていただきたいことがあるのです。先生は清国におられたと聞きまして……」

ふむ、と将翁の顔が逸れ、眼《まなこ》が左右に揺れた。

「そうじゃ、船が舵《かじ》を失ってな、流されてしまったのよ。帰るまでのあいだ、医術を学んだというわけじゃ」

あ、と加門は喉の奥でつぶやいた。そうか、嘘だ……。

人は嘘をつくとき、相手から顔をそむけたり、眼を逸らしたりする。そして、眼の玉がまるで動揺を表すように動く。そうしたようすを見抜くのは、御庭番にとっては基本の術《じゅつ》の一つだ。

難破したのではない。密航したのだ……。そう加門は確信した。

密航は死罪だ。しかし、それでもこの阿部将翁は、清国の医術を学びたいと願ったに違いない。そして、決行した。が、それが明るみに出れば罪を問われるため、こうして、難破したのだと方便《ほうべん》を使っているのだろう。

加門はそう斟酌《しんしゃく》すると、改めて将翁を見つめずにいられなかった。まっすぐな背筋、きびきびとした動き、大きな張りのある声。これらは漢の医学では、陽の気が強い人物の特徴とされる。気力が充実し、行動力に溢《あふ》れた人物を作る。なるほど、このお方ならやり遂げたであろうな……。そう感心する。

「して、なにが知りたい」

顔を戻した将翁に、加門はかしこまって姿勢を正した。が、口を開こうとしたそのときに、別の声が割って入った。

「なにをしているのだ」

旗本の三男坊八木松之丞が、いつのまにか横に立っていた。

「そなた、新参者であるのを弁《わきま》えもせず、作業を怠けて先生に話しかけるなど、もってほか。薬園の手入れも修業だぞ、仕事に戻れ」

つり上がった眉に、加門はたじろぐ。将翁を窺うと、それも正論とばかりに、目顔でこの場は戻れ、と言っているのがわかった。

「失礼いたしました」

加門は、鍬を持ち直し、持ち場へと戻った。

「なんだ、どうした」

正吾が土を掘り返しながら、加門を窺う。

「いや、ふと思いついたことを訊こうとしたら、八木殿に怒られた」

加門の苦笑に、

「そりゃ、そうだろう」

と、正吾も笑う。

「先生に教えを請うなら、人のいない所でこっそりとやるんだ。見られれば邪魔されるのが落ちだ」

片目を細める正吾に、加門は「なるほど」と頷いた。


医学所から戻って、冷えた家の中で、加門は火鉢に火をくべた。鍬をふるって強《こわ》ばった手をかざすと、じんわりと温かさが染みわたってくる。と、その耳を外へと傾けた。戸の向こうで人の声がする。

「ごめんください」

そう呼ぶ声に、加門はあわてて立ち上がった。妹の芳乃の声だ。

戸を開けると、三人の姿がそこにあった。

芳乃と村垣家の三女千秋が並び、そのうしろに宮地家の中間《ちゆうげん》である平助《へいすけ》が大きな包みを抱えて立っていた。

「よかった、少し迷いました」

笑顔の芳乃に続いて、二人も入ってくると、さっさと上がり込んだ。

「どうしたんだ」

戸惑う加門に、芳乃は平助から受け取った風呂敷包みを開いてみせた。

「母上がこれを持って行け、と仰せになられたのです。お漬け物に煮物、それに乾物もあります。それと……」

芳乃は木の箱を差し出した。

「これは千秋さんからです」

蓋を開けると、ぎっしりと並んだ握り飯が現れた。

「はい」と、千秋は頷く。

「芳乃さんに加門様をお訪ねするとお聞きしたので、わたくしもお連れくださいとお願いしたのです。刻み菜の入った握り飯は加門様の好物でございましょう。二日分ほど、作って参りました。お召し上がりくださいな」

ああ、と言いつつ、加門は蓋を閉じる。

「さっきそばを食ってきたから、夜にもらおう。しかし、ここに来ること、父上はお咎《とが》めにならなかったのか」

公儀の者が密かに使う家に女が来るなど……。口には出さないが、目でそれを言い表した。が、芳乃はそれを読み取って首を伸ばすと、ささやいた。

「父上がこの家を教えてくださったのです。昔、ここをお役目で使ったことがあるそうです」

え、と驚く兄に、芳乃は頷く。

「はい。そのときに若い侍が一人でこそこそと暮らすようすを、周りから不審がられたようです。ですから、人の出入りがあったほうがよい、と仰せられたのです」

なるほど、と加門は得心する。

「母上はちゃんと召し上がっておられるのか、心配なさっておられます」

肩をすくめる芳乃に、加門は笑ってみせる。

「煮売り屋がたくさんあるし、食い物の担《にな》い売りだって来る。心配はいらぬと伝えてくれ」

「はい、それと、お正月には戻って来るのか、と」

あと数日で大晦日《おおみそか》だ。

「ああ、戻る。お城は忙しくなるからな」

年明けは新年の祝いで、大名や旗本が挨拶のために登城する。祝いの品を届ける遣いの者らもやって来て、人の出入りはひっきりなしだ。御広敷の伊賀者や御庭番達も、普段以上に警護に気を遣わなければならない。

「それに、医学所も五日まで休みになるからな。それまでは屋敷におるよ」

そう言いつつ加門は、並んで座る二人の娘を見た。普段は見ることのない華やかな柄《がら》の着物を着ている。

中間《ちゅうげん》の平助はその視線に気がついて、くくくと笑った。

「このあと、日本橋を歩かれることになってまして」

芳乃と千秋も顔を見合わせて、ふふふと笑う。

「このような折でなければ、出歩けませんもの、ねえ」

「ええ」

御庭番の家族は、不要な外出を戒められている。外の者との関わりを、極力避けるためだ。が、町へ出たからといって罰せられるわけではない。

平助もうれしそうに言う。

「深川《ふかがわ》へ足を伸ばすのもようございますよ」

中間にとってもちょっとした息抜きになるはずだ。

まあ、いいさ、と加門は三人の楽しげなようすを眺めた。と、はたとその背筋を伸ばした。改めて、妹と平助の姿を見つめる。

「そうだ」

いきなりの声に、芳乃は目を丸くして兄を見た。

「まあ、なんです」

「うむ、今、思いついたことがある。そなたら、日本橋を回ってくるがいい。だが、一刻《いっとき》（二時間）ほどで戻って来てくれ。頼みたいことがある」

加門の語気に、三人は頷きながらも顔を見合わせた。

四

一刻足らずで、三人は戻って来た。

「兄上、戻りました」

入って来た三人は、出迎えた加門を見て、あんぐりと口を開けた。

見送ってくれたときの着物と袴の姿ではない。よれた着物を着て、裾まではしょっている。髪もきっちりと結っていたのが、弛めに結い直されていた。平助と同じような形《なり》だ。

「まあ、まるで中間ですこと」

草履を脱ぎながら、芳乃が兄を上から下まで目を走らせる。

「うむ、中間になったのだ。芳乃様のお供をいたしまする」

背を丸めて、お辞儀をする加門に、芳乃は、

「まあ、おやめください」

と、正座をして見上げた。隣に座った千秋も笑う。が、すぐに千秋は神妙な面持ちになった。

「もしや、お役目ですか」

千秋の父は御庭番として出仕しているし、兄はやはり見習いとして務めている。

「うむ」加門は妹を見た。

「そなたにひと芝居打ってほしいのだ。わたしが中間として供をするから、そなた、ある医者の家に病人のふりをして上がり込んでもらいたい」

「病人ですか」

「そうだ、なに、対応はわたしがするから、そなたはしゃべらずともよい。そこに上がり込んで、しばらく休んでもらえばいいのだ。その間に、わたしが仕事をする」

はあ、と芳乃が頷く。

仕事とはなにか、とは問わない。御庭番の仕事は、同役同士でも他言はせず、家族にも伝えないのが掟《おきて》だ。

あの、とその横から千秋が身を乗り出した。

「その役目、わたくしがいたします」

「え……」

「わたくしのほうが役者です。それになにかあったときに、逃げ足が速うございます。短刀も使えますし」

胸を叩く千秋を、芳乃が制する。

「まあ、だめよ、千秋さん、そんな危ないこと」

「あら、芳乃さんのほうがよほど危ないわ。足も遅いし、その懐剣《かいけん》だって、抜いたことなどないでしょう」

「そ、それはそうだけど」

「ね、加門様」千秋が膝行して、加門に寄る。「わたくしをお連れくださいな。わたくしは御庭番の娘として、幼い頃よりいろいろな技を教え込まれております。きっとお役に立ちますわ」

「なれど……」

とめようとする芳乃に、千秋は片目をつぶって見せた。芳乃はその意を汲《く》んだように、肩をすくめる。

ふうむ、と加門は千秋を見た。確かに、子供の頃から芳乃よりも活発で身のこなしも軽かった。御用屋敷の庭で、兄といっしょにいろいろな術の稽古をしていたのも知っている。

しかし、よそ様の娘御をこんなことに巻き込んでよいものか……。そう逡巡しているのを見抜いたように、千秋はにこりと笑った。

「御庭番十七家は助け合うべし、と父上はいつも申しております。ほめられこそすれ、叱られることはありません」

「まあ、うちでも同じことを言われます」

芳乃も頷く。

その二人を見比べて、加門は腹を決めたように言った。

「よし、では、爪を見せてくれ」

は、と首をかしげながらも、二人は両手を揃えて差し出す。爪を交互に見比べて、加門は次に顔を見た。

「目の下を下げて見せてくれ。あっかんべ、だ」

はぁ、と二人は訝《いぶか》りながらも、言われたとおりに下瞼《したまぶた》を指で下げて見せた。

「ふうむ、なるほど、千秋殿のほうが少し白いな」

「まあ、どういうことですか、兄上」

少しふくれた妹に、加門は苦笑いを見せた。

「いや、病人のふりをするのには白いほうがいいのだ。爪も舌も瞼も、血の気が少ないほうが白い。医者に診られたとき、信憑性があるに越したことはない」

「まあ、なれば、わたくしですね」

千秋が手を打つのを見て、加門は、

「本当に大丈夫か」

と、首を伸ばした。

「もちろんです」

そう浮き立つ千秋を見ながら、芳乃は兄に向かって首をかしげた。

「なれど、兄と妹として行けばよいのではないですか。わざわざ中間に身を変えなくとも……」

「いいや、中間でなくっちゃぁ」

横から声を挟んだのは、平助だった。御庭番の家の中間は、忍びの出が多い。紀州には紀州流という忍びの術があり、それを継いだ者達が御庭番の中間として、江戸に付いてきたのである。平助もそうした一人だった。

「お侍は背筋を伸ばして顔もまっすぐに上げやすでしょう。それじゃあ、相手に顔を見られちまいます」

平助の言葉に、加門が続ける。

「そうだ。引き替え、中間や町人であれば、腰を曲げたり背を丸めたりするのも不自然ではない。そういう姿勢であれば、顔をはっきり見せなくともすむのだ」

はあ、と芳乃は得心したように頷く。

平助は矢立《やだ》てを懐から取り出した。小さな筆入れと墨壺《すみつぼ》の付いた携行品だ。

「けれど、もうひと手間かけたほうが無難ですぜ」

筆先を墨壺につけると、それを加門の顔に向けた。

「黒子《ほくろ》を付けやしょう。一つ、目立つ物があれば、人の目はそっちに行って、ほかを覚えられなくなりますからね」

「うむ、そうだな」

加門は左側を平助に差し出す。

筆先で鼻の横に大きな黒子を付けると、平助は眉尻にも筆を走らせた。眉を八の字に下げて描くと、にやりと笑った。

「よし、これで二枚目は台無しだ。顔を見られるようなことがあっても安心ですぜ」

「まっ、なんというお顔」

芳乃が吹き出す。

「あら、まあ……」

千秋が虫でも呑み込んだような声を出す。

そのようすに、加門はむしろ自信を持って立ち上がった。

「よし、では参ろう……いや、参りやしょう」

加門は腰を曲げて、土間へと降りた。


日本橋駿河町。

日が西に傾き、薄暗くなりはじめた道では、屋台や露店の片付けがはじまっている。

加門は千秋ともに、大通りから脇道に入って行く。

やや上体を傾け、加門は中間として千秋の半歩うしろを歩く。千秋は気後れするようすもなく、胸を張って前を行く。

加門はそっと声をかけた。

「あの窓の大きな二階屋です。では、お願いします」

「はい」

千秋は頷くと、よろりと身体を揺らした。

「どうなさいました」

加門はそれを支える。と、千秋の身体を抱えながら、細木の家へと向かう。

「しっかりしてください」

聞こえよがしに言いながら、加門は前にも叩いた細木の戸を叩いた。

「ごめんなさいまし。開けてください」

加門の声と戸を叩く音に、すぐに内側から足音が鳴った。

「なんだ」

弟子らしい男が戸を開ける。先日とは違う男だ、と顔を窺いながら、加門は千秋を抱えて中へと押し入る。

「すみません、お嬢様が急にお倒れに……」

弟子は抱えられているのが武家の娘であることを見て、

「では、こちらへ」

と、手を添えて上へと上げる。

騒ぎを聞きつけて、ほかの弟子達も出て来た。

「どうした、巳之助《みのすけ》」

「ああ、急病らしい」

弟子らに支えられながら、千秋は座敷へと通された。診察をする部屋らしく、鍼《はり》や灸《きゆう》などが置かれている。

すぐに敷かれた布団に横たえられて、千秋ははぁ、と細い息を吐いた。

「どうする」

「先生はお留守だぞ」

弟子達はささやきながらも千秋を覗き込む。

「どうされた」

巳之助が言葉をかけると、千秋は目と口をゆっくりと開いた。

「急にめまいが……」

ふむ、と別の弟子が千秋の下瞼を指で引く。

あ、あやつだ……。加門はその顔を見て、口中《こうちゆう》でつぶやく。先日、そっけなく自分を追い払った男だ。

「白いな。血の気が足りないのであろう」

「おい、七蔵《しちぞう》、診断とはおこがましいぞ」

巳之助がむっとする。

「いいじゃないか、わたしにも診させてくれ」

ほかの弟子二人も覗き込んで、爪を見たり脈をとったりする。

「爪も白い、血の道か」

「どれどれ、腎《じん》が弱いのかもしれんぞ」

「舌を出してみなさい」

弟子達はそれぞれに勝手なことを言って、身を乗り出す。

うしろに座った加門は、恐縮したように身をかがめて、弟子らに言葉をかけた。

「あのう、大丈夫でしょうか」

「ああ」

七蔵が振り向いて、加門に頷く。が、墨で変えられた加門の顔を見ても、先日来た男だとは、全く気がつかない。

「少し休めば、また歩けるであろう。心配はいらぬ」

「うむ、しばし、休んでいかれよ。今、身体を温める薬湯を作って差し上げよう」

巳之助の言葉に、千秋は、

「かたじけのうございます」

と、小さく頷いた。

若い娘の微笑みに、弟子らは皆、にこやかに笑う。

「なに、ゆるりと休まれるがいい」

口々に言って、部屋を出て行った。

すぐに巳之助が薬湯を持って戻って来ると、身体を支えてそれを飲ませてくれた。

千秋は、それを飲んで、再び横になる。

「少し楽になりました」

と、微笑む千秋に、巳之助は満足気に頷いて出て行った。

二人きりになった座敷で、千秋と加門は目で頷き合う。

「眠ったふりを」

ささやく加門に、千秋は頷いて眼を閉じた。

加門はそっと廊下を窺う。

耳を澄ませると、向かい側の部屋から話し声がする。どうやら、泊まり込んでいる病人がいるらしい。弟子達はその世話をしているのがわかった。

誰もいないのを確かめて、加門は廊下に出ると足音を忍ばせ、奥へと進んだ。鼻に集中力を集め、匂いを探る。

　ここだ……。加門は鼻を動かした。薬の匂いだ。

　戸を開けると、その匂いが鮮明になった。大きな薬棚がある。

　素早く入り込んで、戸を閉めると、加門はその薬棚の前に進んだ。強い日射しが入らないように、部屋は北向きになっており、薄暗い。棚には小さな引き出しが、上下左右に二百ほども並んでいる。小さな紙に薬の名が記されているのを、加門は目でなぞった。いずれもよく使われる生薬だ。

　加門はそこを離れ、周囲を見まわす。と、隅に小さな戸棚が置かれているのが目についた。両扉が堅く閉められており、錠前もつけられている。

　これか……。ごくりと唾を呑み込んで、加門はその錠前に手をかけた。懐から一本の金棒を取り出すと、先を曲げて、鍵穴へと差し込む。角度を変えて、棒を動かしているうちに、穴の奥でかちりと音が鳴った。

　錠が動く。左右を繋いでいた棒をそっと外すと、それを抜いた。扉の取っ手を引いて、開ける。

　中に置かれていたのは、赤く塗られた小型の薬棚だ。

やはり……。加門は掌に汗がにじむのを感じてぐっと握る。棚には数十の引き出ししかついておらず、薬の名は記されていない。

強ばる手で、その引き出しを引いてみる。赤い石が入っている。

丹《に》だ……。

水銀の元であり、毒薬にもなる。

その隣を開ける。中にあるのは黄色い石だ。

黄燐《おうりん》だ……。

やはり毒薬となるものだ。

もう一つの引き出しを引く。ここには乾燥した草の実が詰まっている。加門はそれを指でつまんで、鼻先に掲げた。

これは烏頭《うず》(トリカブト)ではないか……。では、こちらは……。

隣の引き出しを開けると、やはり干された草が現れた。

指先でひとつかみして、匂いを嗅ぐ。

毒芹《どくぜり》だ……。

烏頭と並んで猛毒で知られる草だ。

いずれも適量を使えば薬として効果を発揮するが、匙加減《さじかげん》一つで命を奪う毒薬にもなる物だ。

思ったとおりか……。加門の額に、じんわりと汗がにじみ出ていた。と、その耳を立てた。物音だ。

耳を澄ませると、廊下の向こうから人の足音がやって来るのが感じられた。

しまった……。

急いで薬を引き出しに戻す。が、手がぶつかり、薬が下へと零《こぼ》れた。

足音が近づいてくる。

拾う間はない。

加門はあわてて引き出しを戻し、両扉を閉めた。

廊下を踏む人の気配すら、感じられてくる。

錠前はどこだ……。置いたはずの錠前を探す。

足音はすぐ側まで迫った。

あった……。錠前をかけて、元に戻す。

足音が止まった。

加門はくるりとそちらを向く。同時にこぼした薬を蹴って散らした。

戸が開いた。

巳之助だ。その目が加門を見て見開く。

「な、なんだ、なにをしているっ」

「あ、はあ、厠を探してたんですが」

加門は膝を曲げ、腰を折って、頭を掻く。

「出て行け」

巳之助が腕を振り上げ、廊下を示す。その勢いに合わせるように、加門は小走りで走り出た。

「す、すいません、戸が、ちょっと開いてたもんで」

下げる頭を少し巡らせて、落ちた薬を振り返った。

気がつかないでくれ……、そう念じつつうしろに下がる。

下げた加門の頭に、巳之助は鼻息を吹きかけるようにして、声を荒らげた。

「厠はあちらだ。戻れ」

へい、と加門は差し示されたとおり、来た廊下を戻る。

騒ぎを聞きつけて、

「なんだ」

と、出て来た弟子達に巳之助は事を説明している。

とりあえず厠に入って取り繕《つくろ》うと、加門は千秋のいる部屋の前へと戻った。

そこで待ち受けていた別の弟子が、顎をしゃくって言った。

「連れの女《おなご》はもう歩けるぞ。帰るがいい」

「はい、では」

中で窺っていたかのように、千秋が出て来る。

「かたじけのうございました。薬礼を……」

そうお辞儀をする千秋に、弟子は早く去れとばかりに手を上げる。

「いりません、気にせずにお引き取りを」

まあ、と恐縮する千秋の前に出て、加門はお辞儀をした。

「では、お言葉に甘えてまして、失礼いたします」

深々と頭を下げると、千秋を押すようにしてその玄関を出た。

道はすでに暗くなっており、人通りも少ない。

おぼつかない足取りを装いながら、千秋は横目で加門を見た。

「いかがでしたか」

「うむ、目的は果たしたが、見られてしまった」

加門は千秋と話しながら、目の端で背後を盗み見た。

まずいな、とつぶやく。うしろから七蔵ともう一人の男が、そっとあとを付けてくるのが見てとれた。

やはり、こぼした薬に気づいたか……。加門の喉が唾を呑み込む。

千秋も付けてくる気配を察したらしく、さりげなく胸元の懐剣袋の紐を解いている。

加門も懐の短刀を握った。

「この先の道を左に曲がる。したら、千秋殿は走られよ」

「加門様はどうされるのです」

「わたしは時を稼ぐ」

二人は左に道を折れた。人気《ひとけ》のない道だ。

「さっ」

加門に押され、千秋は早足になった。

加門は踵《きびす》を返して、角《かど》に身を隠す。と、そこに小走りになった七蔵と弟子が現れた。

「そなた、何者か」

七蔵が脇差しを抜いて斬りかかってくる。

短刀を手に、加門はそれを躱す。

勢いをそがれた七蔵は、転びそうになる。

立ち合いに馴れていないな……。そう踏んで、加門はひらりと飛び退いた。

再び構えた七蔵の手首に、短刀の柄《つか》を打ち込んだ。

呻《うめ》き声を洩らして、七蔵の手から脇差しが落ちる。

加門はもう一人の姿を探した。

千秋を捜しているらしく、道を進んで辺り見まわしている。

「いたぞ」

路地の前で男が立ち止まった。

しまった、と舌打ちをしつつ、加門は目の前の七蔵に向き直った。

脇差しを拾い、体勢を立て直そうとしている七蔵の背に、加門は再び柄を打ち込む。

首のすぐ下を再度打つと、七蔵の身は崩れ落ちた。

加門は走った。

男が脇差しを抜いて、構える。

千秋が路地から出て来た。

男と向かい合って、千秋が懐剣をかざす。身を斜めにして、じりりと足で地面を踏んだ。

その構えには、たじろぎがない。

むしろ、男の腰がひけている。
加門は地面を蹴って、その間に入った。
身をかがめると、男の脛《すね》を短刀の峰ではらう。
叫び声を上げて、男が身を崩す。
その腕をひねると、脇差しが落ちた。
加門はそれを蹴って、遠くへと飛ばした。
「さ、行くぞ」
加門は千秋の手を取って、走り出す。
目で振り返ると、七蔵らが地面に膝を着いているのが見えた。
道の先に大通りが見えてくる。
本町の広い道は灯火で明るく、まだ人も行き交っている。
二人は、そこを目指して走って行った。

第三章　二の丸の野望

一

正月の五日。

加門は御広敷の庭で本丸御殿を仰いだ。

この数日、城内は大層な賑わいだった。

元旦には、徳川一門と姻戚《いんせき》にある大名家が拝賀に訪れた。

二日は、譜代《ふだい》大名と御三家の嫡子、そして主なる外様《とざま》大名が拝謁《はいえつ》した。

三日には、それ以外の大名と旗本が拝賀するのが習わしだ。

三日には仕事はじめとなるが、まだ正月気分は抜けない。六日に松飾りを外し、七日の節句を終えるまでは、どことなくうわついた趣《おもむき》が漂うのが常だ。

加門は箒を手に取って、庭沿いに御殿の表のほうへと歩いて行った。

大奥の御殿は別棟だが、表と中奥は同じ御殿で仕切りがあるわけではない。

表には大名旗本の控えの間があり、多くの役人の仕事場もある。

加門はその端にある一画で足を止めた。廊下の突き当たりであるここには厠がある。その前は、手洗い所もある板の間だ。人気《ひとけ》の少ないここでは、しばし、ささやき声の立ち話が行われる。

茂みの裏に立って、加門はそっと耳を澄ませた。

来る者、戻る者が、なにやら言葉を交わしていく。正月のことであったり、節句じたくの話であったりと、他愛もないものもある。

「聞いたか」

抑えた声に、加門の耳が動く。

「なんだ」

「大名方が二の丸様に、大層な正月祝いの品を贈ったそうだぞ」

二の丸様とは吉宗の次男宗武のことだ。

「なに……ううむ、そうか。まだ廃嫡の話は消えておらぬしな」

「これ、滅多なことを言うでない」

「いや……しかし、二の丸様が次期将軍になられるという目がある限り、おろそかにはできぬ……と、そう誰もが踏んでいるのであろう」

加門は息をつめる。話しているのは二人。大身《たいしん》の旗本らしい。

「それは確かに。今から、地固めをしておくのが賢明というものではあるな」

「それよ。ゆえに和泉守様のお屋敷にも、こぞって行っているらしい」

和泉守とは松平乗邑のことだ。

「そうさな、二の丸様が公方様になられれば、和泉守様のご権勢は揺るぎのないものになるからな」

「うむ、お役に就きたい旗本連中は、血眼《ちまなこ》で取り入っておるらしいぞ」

むむむ、と唸り声が洩れてくる。

「そうなれば、我らはお役御免ということになるではないか」

「そうよ、この動き、看過できぬと焦っている者らもおる。我らもうかうかとしていられんぞ」

「そうだな、考えねばならぬな……」

と、そのささやき声がぴたりとやんだ。

廊下の向こうから足音が近づいてくる。

「では」

「うむ」

二人の声が重なり、離れて行った。

加門は箒を握り締めて、そっとその場を離れる。

しばし、歩いてから、御殿を振り返った。

本丸御殿の向こう側、崖下に二の丸がある。

二の丸は見えないものの、そちらをじっと見つめた。


御庭番御用屋敷。

「加門、明日、このお重《じゅう》を持ってお行きなさい」

母の光代が三段の重箱を風呂敷で包む。

「そんなに食べきれませんよ」

息子の言葉に、

「まあ、若いのになにを言うの。お食べなさい」

母がきりりと言う。

「五日なんて、あっという間だこと」

母のつぶやきに、父の友右衛門は目元を引き締める。

「町に戻るのもお役目だ。見習いの身でお役をいただけるなど、ありがたいことよ」

はい、と加門は背筋を伸ばした。

「兄上」

そこに妹の芳乃が入って来た。

「千秋さんがお見えになりましたよ」

村垣千秋とは、日本橋で協力してもらって以来、ゆっくりと話せていない。正月に家族同士で型どおりの挨拶を述べただけだ。村垣から特に文句も出なかったのを見ると、千秋はあの一件を内緒にしたのだろう。

隣の部屋に行くと、風呂敷包みを手にして、にっこりと笑った。

「加門様、わたくしが作った田作《ごまめ》です。明日お帰りになると聞いたので、お持ちいただこうと思って」

田作はおそらく母の重箱にも入っているだろう。が、加門は笑顔とともにそれを受け取った。

「これはかたじけない。ありがたくちょうだいする」

「はい、今年は上手《うま》くできましたのでご安心ください」

そう言えば、と加門は思い出す。去年ももらったものの、少し焦げていたのだ。笑いながら、加門は千秋に向かって声を落とした。

「いや、このあいだは手を貸してもらって助かった。大丈夫でしたか」

「は、大丈夫とは……」

「怖くはなかったかと、あれから気になっていたので」

まあ、と千秋は口を隠しもせずに笑い出す。

「大丈夫も大丈夫、怖くなどありません。どきどきとしましたが、気が張って面白うございました」

ほう、と目を丸くする加門に、千秋はいたずらっ気のある顔で言う。

「わたくしは顔を見られてしまったので、今度、お訪ねするときには姿を変えて参ります。町娘にもなりたいし、どこかのお女中ふうも面白そうだし……考えるとわくわくいたします」

そう言って手を合わせる千秋を、芳乃はあきれた顔で見る。

「まあ、千秋さんは変わっているわ。そんなことが面白いだなんて」

「あら、そうかしら、術なんて面白いのよ。今、お爺様から変声の術を教わっているの。ほらこう……何者ぞ、無礼であろう……ね」

御殿女中のように威厳のある声に変わった。目を丸くする芳乃に、千秋は喉を指でつつく。

「ここで声を作るの。作る場所によって声が変わるのよ」

得意げな千秋と呆気にとられる芳乃を見て、加門は吹き出す。

「いや、千秋殿はなかなかのもの。男に生まれておれば、立派な御庭番になったであろうに」

「はい、わたくし、それが口惜しいのです」

「いや、しかし……」加門は真顔になった。

「千秋殿は女《おなご》でよかったのだ。御庭番など、どこかで骸《むくろ》となっても、拾ってくれる者とていないのが宿命だからな」

役目で城を出て、そのまま消息を絶ってしまった御庭番がいたのを思い出す。

「まあ、兄上」

「加門様、そのような」

強ばる娘達の顔に、加門はあわてて笑いを繕《つくろ》った。

「いや、大丈夫、滅多なことではそうならん、わたしは大丈夫だ」

声は多少、うわずっていた。

二

「今日の講義はここまでとする」

そう言って阿部将翁が出て行くと、弟子達の中からざわめきが生まれた。

「目が疲れたな」

「腹も減ったぞ」

その片隅で、加門は身動きもせずに考え事に熱中していた。

小菅御殿で細木昇庵が出した薬は、意図して毒性を強めた物なのか……。おそらくはそうだろう。あの毒性の強い薬棚を見れば、昇庵が毒に詳しいことは窺える。では、誰の意思なのか。一介の町医者である昇庵が、危険を冒して、自らの考えで将軍の世子に毒を盛るとは考えられない。指示をした者がいるはずだ。徳丸法印なのか。しかし、法印だとしたら、その裏にもまた誰かがいるに違いない……。

加門は眉間にしわを寄せた。

先日、城で聞いた立ち話が、耳に引っかかっている。

「お役に就きたい旗本連中は、血眼《ちまなこ》で取り入っておるらしいぞ」

いかにもありそうな話だ。が、そうなると疑うべき範囲がぐっと広がる。

家重様がいなくなって得をするのは誰か……。次男の宗武、そして宗武と仲のよい宗尹。さらに宗武を将軍の座に就け、自らの後ろ盾にしようと目論《もくろ》む松平乗邑……。

これまではそう考えてきた。

だが、そこに取り入ろうとする人々が加わるとなると、探索の対象は一気に広がる。

加門はそう思い至ると、思わず腕を組んだ。眉間のしわが深まる。

「おい、加門」

肩をぽんと叩かれて、加門ははっと腕を解いた。正吾が覗き込んでいる。

「聞いたか」

指を差すほうでは、なにやらざわめきが高まっている。中心にいるのは、初日に加門に嫌味を言いに来た医者の息子作田勘介《さくたかんすけ》だ。勘介の父は町医者だが、名は知られているらしい。

「勘介の父が、お城に呼ばれて公方様にお目通りするそうだ」

正吾がいかにも面白くなさそうに、鼻にしわを寄せて言った。

勘介は皆に囲まれて、胸を張っている。

「公方様よりじきじきにお言葉をいただけるのだ。これほどの名誉、普通は一生、得られるものではないぞ」

常よりも大きな声で、勘介は顔を巡らせながらしゃべっている。

「すっかり鼻の穴がふくらんでいるな」

唇を突き出す正吾に、加門は苦笑した。

そうだな、一度、お目通りして言葉を交わすくらいなら、誉《ほまれ》ですむのだろうな。うらやましいくらいだ……。

そう胸中で独りごちる加門の隣に、正吾は腰を下ろした。

「まあ、しょせん、こっちには関わりのない話だ。一生、公方様にお目にかかることなどないからな」

ははは、と笑う正吾に、加門はあぁと頷きながら身を乗り出した。

「そうだ、評判の医者といえば、徳丸法印は知っているか」

「ああ、そりゃな、医術を学ぶ者なら知らぬ者はおらんだろうよ、なにしろ一番えらい法印様だ」

「会ったことはあるか」

「まさか。たとえ病にかかったとしても、薬礼がいくらかかるかわからないお人になど、診てもらえる身分じゃなかろう」

診察と薬の対価として支払う薬礼は、特に相場はなく、医者の胸三寸で決められるものだ。

「それはそうだな」

「そうさ」

頷く正吾に、加門は何気なさを装って訊く。

「どこに住んでいるんだろう」

「ああ、鍛冶橋《かじばし》の辺りと聞いたな。大名屋敷やお城に呼ばれるほどだから、その近くが便利なんだろう」

「へえ、鍛冶橋か」

加門はその言葉を胸に刻み込んだ。


医学所を出て、加門は日本橋へと出た。しばらく歩いて、鍛冶橋にも通じる道を行く。薬種問屋が並ぶ道を進むうちに、生薬屋が目についた。客が出入りするようすに、加門もその暖簾《のれん》をくぐった。

「いらっしゃいまし」

年嵩《としかさ》の手代の笑顔が、

「薬をお探しですか」

と、続けるのに頷いて、加門は歩み寄った。

「父が最近、疲れやすいと申しているのだが、なにかよい薬はあるだろうか」

「ほう、疲れやすい、とおっしゃる」

手代はうしろに身体をひねると、棚から袋を取り出した。

「ならばこれがようござんす。この快気丸《かいきがん》は手前どもで調合した薬でございまして、元気回復にもってこいでございます」

「ほう、そうなのか」

「ええ、ええ、とくにお父上が、というのであれば、お勧めいたしますよ。お母上がというのであれば、また別の薬となりますが」

「自信がありそうだな。では、これをもらっていこう」

「へい、まいど。飲み方は袋に書いてありますからね。これは五日分、十日分もありますが」

「いや、試しに五日分にしておこう」

加門は銭を出しながら、棚に並ぶ薬を見渡した。

「ずいぶんといろいろあるのだな。これなら医者にかからずともすみそうだな」

「はい、お医者も手前どもから薬を買って行かれるほどですからね。医者にかかる前に、まずはこちらにお越しくださっても損はありませんよ」

愛想のいい手代に、加門も口元を弛める。

「そうだな、医者は薬礼が厄介《やっかい》だ。この辺りには名医も多いと聞いたが、薬礼もさぞかしなんだろうな」

「ええ、そりゃもう。手前どもの薬が半年分は買えますよ」

片目をつぶって笑う手代に、加門は首を伸ばした。

「ほう、ならば法眼、法印ともなれば別格なのだろうな。鍛冶橋には徳丸法印という名医がいると聞いたのだが」

「はいはい、おられますよ。最近は公方様にも呼ばれたそうで」

「へえ、屋敷は橋の近くなのか」

「ええ、橋の手前の左を一本入ったところです。立派な薬医門《やくいもん》のあるお屋敷でね、お弟子もたくさんおられますよ」

「ほう、では、いざとなったらかかってみようか」

軽口めいて言うと、手代はにやりと笑った。

「そうならないのが一番ですよ。そのために、日頃から手前どもの薬をお服みになればいいんです」

「なるほどな」

加門は感心してみせると、

「ありがとうございました」

という声を背に生薬屋を出た。

鍛冶橋の手前まで歩いて、左に一本という道を入る。すぐに切妻屋根《きりづまやね》を乗せた薬医門が見つかった。

薬医門は、寺や医者の屋敷に多く見られる門だ。脇に小さな木戸がついており、門扉《もんぴ》が閉まっていても、そちらは必ず開いている、というのが建前だ。訪れる者がいつでも入れるように、というのがその理由といわれている。

しかし、加門の目の前の薬医門は、門扉も木戸も閉まっている。

ゆっくりと前を通り過ぎ、ひと巡りしてもう一度、戻る。と、前から駕籠がやって来るのが見えた。お付きの者が小走りになり、すぐに薬医門が開けられた。

徳丸法印か……。加門は足を止め、駕籠に道を譲るかのように振る舞った。

大きめの駕籠は前後に二人ずつ、担いでいる。

四枚肩《しまいがた》か……。そうつぶやきながら、加門は駕籠を見つめた。

名の知られたような医者は、病人の家に行くのに駕籠を使う。駕籠かきは前後二人が普通だが、名医とも言われる医者は四人で担がせる。四人分の肩を使うことから、四枚肩の医者とも呼ばれるのだ。

門が開けられた。と、加門は門に向かって回り込んだ駕籠の窓が、半ば開いているのに気がついた。中に座っている法印の横顔が見える。剃髪で、肉付きのよい頬だ。五十過ぎといったところか……。加門は目の端で、駕籠を見送りながら、その場を離れた。

薬医門はまた閉ざされ、その前を人が行き交う。裏道とはいえ、人通りが多い。また、改めて出直そう……。そう考えながら、加門は小さく振り返った。

神田に戻って来た加門は、ふとその足を止めた。

道端で男が一人うずくまり、それをもう一人の若い男が覗き込んでいる。

「どうしましたか」

加門は寄って行くと、若者が顔を上げた。揃いの法被《はっぴ》を着て、二つの木箱を地面に置いていることから見て大工らしい。

「ああ、この留吉《とめきち》っつぁんが、具合が悪いみてえで、大工箱は落とすし、よろよろしたもんで休んでるんでさ」

へえ、と顔を上げる留吉の正面にしゃがみ込んで、加門はその身体を見まわした。股引をはいている脛に手を当てると、そっとつかむ。

「家は近くですか」

加門の問いに、若者は指を上げた。

「へい、次の角です。棟梁《とうりょう》の家に世話になってるんで」

「じゃ、運びましょう。背中に乗せてください」

加門はくるりと身体を回して、背中を向けた。

「へ、いや、とんでもねえ、お侍さんにそんなこと」

あわてる若者に、加門はにこりと笑って見せた。

「大丈夫、乗せてください。そちらは箱を運ばねばならんでしょう。で、案内してください」

「へ、へえ」

若者が手を貸すと、留吉も自ら背に乗ってきた。耳元にかかる息が荒いことから、息苦しいのだと感じられた。

「さ、行きましょう」

留吉を背負った加門に促され、若者は先に立つ。

加門は背中の留吉に、声をかけた。

「留吉さんは最近江戸に出て来たんですか」

「あ、へえ。一年にはなりやすが」

やはり、と加門は頷く。

「ここでさ」

若者が家を指して、中へと入って行く。

続いて入った加門と留吉の姿に、皆が集まってきた。

「なんだ」

「どうした」

そう覗き込む大工達に、加門は留吉を下ろして言う。

「布団に運んでください」

へい、と皆が留吉を支えると、落ち着いたのか、留吉は自分で奥へと歩き出した。

「失敬」

加門もそのあとに続く。

ことの経緯《いきさつ》を若者が皆に説明するなか、加門は布団の上に座った留吉の脈をとっていた。

不規則な脈が指先に触れるのを感じて、加門は留吉に、

「股引を脱いでください」

と、言った。周りを囲んでいた仲間が、慌てて手を貸す。

「脱ぐんだとさ」

「さ、尻を上げな」

たちまちに足が顕わになる。加門はその毛脛《けずね》に指を押し当てる。ぐっと押した指のあとが、へこんだ。

「やはり」

つぶやく加門に、皆が首を伸ばす。

「なんなんですかい」

「ええ」加門は微笑む。

「留吉さんは白い飯が好きでしょう」

「へい、そりゃもう」若者が頷く。

「三度の飯より飯が好き、いや、それじゃ違うか。けど、ほんとうに白いおまんまが大好きで、米粒さえありゃなんもいらねえってくらいでさ」

な、と顔を向けられて、留吉は照れ笑いを浮かべる。

「へえ、故郷《くに》じゃ稗《ひえ》や粟《あわ》ばかりの黒い飯で、白いおまんまなんぞお目にかかったことなかったもんで……江戸に来てからこんなにうまいもんかと、飯が大好きになってそればかり……」

加門は頷く。

「そうでしょう、それで江戸患い《えどわずらい》（脚気《かっけ》）になったんです」

「江戸患いか」

「しょうがねえな」

皆が顔を見合わせる。

雑穀米《ざっこくまい》を常食していた地方と違い、江戸では精白米が普通になっている。が、精白米では本来必要な栄養が不足するため、そればかりを食べていると、具合が悪くなり、心臓にまで影響が及ぶ。むくみやしびれなども出て、下手をすれば命を落とす病だ。

他国から参勤交代でやって来た武士達は、江戸に来てから具合が悪くなることから、江戸患いと呼ぶようになっていた。

「そばは嫌いですか」

加門の問いに、

「へえ、故郷ではさんざん、そばがきを食わされたんで」

と、留吉が肩をすくめる。

「そうそう、あっしらがそばを食っていても、留さんは飯だもんな」

仲間の言葉に、留吉は悪いことでもしたかのように加門を上目で見る。加門は、笑って、留吉の肩を撫でた。

「いや、わかる気もする。だが、そばを食べれば治ります。それと、飯といっしょに菜もたくさん食べてください」

「へ、それでいいんですかい」

「ええ、それで大丈夫です」

頷く加門に、留吉は顔をほころばせた。

「ありがとうござんす」

皆も口々に礼を言う。と、若者が身を乗り出して、

「お侍さんは医者ですかい」

と、加門を見上げた。

「ああ、いや医術の修業をしているだけです」

「へえ」

周りから声が上がる。

「あの、そいじゃ」

一人の男が皆を押しのけて進み出た。

「ここんとこ、腹が張ってしょうがないんで、ちょっと診てくだせえ」

男は着物の前を広げると、巻いていた腹巻きをほどいた。

加門はその顔を見つめる。顔色はよい。

「舌を出してください」

顔色や舌などを見る望診《ぼうしん》は、診断の基本だ。先日、阿部将翁から習ったばかりだった。

舌の色に濁りはなく、むくみも見れらないし、舌苔《ぜったい》も問題はない。

ふうむ、と加門はその腹に手を当てた。確かに張っている。が、それに引き替え、贅肉《ぜいにく》はない。ほかの者に比べて、やせている。

「野菜は好きですか」

加門の問いに答えたのは、周りの者だった。

「ああ、こいつは野菜好きでさ」

「そうそう、夏になると、河童《かっぱ》みてえにきゅうりをぼりぼり囓《かじ》るんで」

「へい、なもんで、河童って呼ばれてるんでさ」

へへ、と河童は頭を掻く。

「では河童さん」加門は問うた。「夜中に尻がかゆくなりませんか」

「へっ……ええ、なりまさ。寝てると、尻の穴がかゆくなるんで。けどなんで……」

「虫です、腹に虫がいるんですよ」

加門の答えに、えっと周りが身を引いた。

「ああ、大丈夫です。出て来やしませんから」

笑いながら加門は言う。

「きゅうりを齧るときには、よく洗ってください。それと、生薬屋に行って、虫下《むしくだ》しを買って服《の》んでください。それで大丈夫ですよ」

へえぇ、と周りの者らが顔を見合わせる。

「あ、そうだ」

加門は懐から生薬屋で買った袋を取り出すと、留吉に差し出した。

「この薬を服むといい。滋養強壮の薬ですから、元気が戻ります」

「へ、けど、高いんじゃ」

ためらいつつ出した留吉の手に、加門はそれを置いた。

「差し上げます」

そう言って笑うと、加門はすっくと立ち上がった。

「ではこれで」

出て行く加門を、皆が揃って見送りに出る。

「ありがとうございました」

その声が、加門の背中を心地よく撫でた。

三

家の軒先から松飾りもなくなり、江戸の町からは、正月の風情《ふぜい》も消えた。

医学所から戻って来た加門は、家の前で佇《たたず》んでいる人影を見つけて声を上げた。

「意次ではないか」

「おう、戻ったか」

懐手をした意次は、寒そうに肩をすくめた。

冷えた家の中で加門が火鉢に炭をくべると、意次はうれしそうに手を出して笑顔になった。

「正月は城に戻って来ていたな。庭で見かけたが、なにしろ忙しくて声をかける暇もなかった」

「ああ、そうだろう。西の丸にも拝賀の客が集まっているのを見たぞ。あれでは休む暇もなかっただろう」

加門はそう言いながら五徳《ごとく》に鉄瓶《てつびん》を乗せて、上目で意次を見た。

「しかし、二の丸にも祝い客がずいぶんと行っていたようだな」

ああ、と意次は笑みを消す。

「それが家重様のお耳にも入って、すっかりお気を悪くされてな、御酒《ごしゅ》の量が増えてしまった」

ふうむ、と加門は眉を寄せる。家臣らが二の丸詣でをするということは、廃嫡の話が未だ生きているということにほかならない。

「まあ、宗武様が将軍になられるやもしれぬ、と思えば、皆、じっとしておられぬのだろうな」

「ああ、二の丸は浮き足立ち、西の丸は戦々恐々《せんせんきょうきょう》としている」

意次は渋い顔になる。

もしも、家重が廃嫡されれば、西の丸を明け渡し、二の丸に移ることになる。立場が逆転するのだ。そうなれば、家重付きの家来も、皆、二の丸に移らざるをえない。

家重自身も、将軍の臣下という扱いになるのだ。

「将軍の家来と臣下の家来では、雲泥《うんでい》の差だな」

加門の言葉に、意次は眉を寄せた。

「うむ、まさに天と地の差だ。上様の家来であれば政《まつりごと》に参画できるが、二の丸の家来では、なにもできん」

ましてや廃嫡されたとなれば、周りの者達の扱いも地に落ちることは容易に想像できる。家重と宗武は、敵対しているといってもいい仲であるから、もしも兄を追い落とすことができたら、宗武はそれまでの鬱憤《うっぷん》を晴らすに違いない。家重のみならず、家来までも、力を削いで抑え込むだろう。

そう考えると、加門の眉間にもしわが寄る。

「そなたのように才覚のある者が二の丸に移るのは惜しいな」

「いや……」

意次は憮然《ぶぜん》として腕を組んだ。

「わたしのことよりも、家重様のご無念を思うと、いたたまれん。廃嫡など、言葉が出るだけでもとんでもないことなのに、城中で平然と言われておる。ましてや上様までもが迷っておられることを誰もが知っている。本来なら、ゆゆしき事態だ」

「そうだな。しかし、救いもあるだろう。お幸の方様がご懐妊されたのは、まさに僥《ぎょう》倖《こう》。ごようすはいかがなのだ」

身を乗り出す加門に、意次も首を伸ばす。

「おお、そちらは順調だ。医官の話では、最近ではお腹もせり出してこられて、お子も無事に育っておられるということだ」

「そうか、男《お》の子が産まれてくれればよいな」

「うむ」

二人は頷き合う。

吉宗が八代将軍の座に着いた経緯が頭の中にあった。

七代将軍の家継《いえつぐ》は五歳で将軍を継いだが、八歳のときに風邪をこじらせて床《とこ》に就《つ》き、病弱であったことも災《わざわ》いして逝去《せいきょ》した。

八歳では跡継ぎもあろうはずはなく、周囲は大慌てで跡継ぎを決めねばならなかった。吉宗を推す声が強まったのは、このときすでに、吉宗には嫡子と次男が誕生していたからである。五代綱吉《つなよし》の折にも跡継ぎがなく、騒動となったために、磐石《ばんじゃく》の体勢を欲したに違いない。

家重に男子が生まれれば、跡継ぎとしての座も揺るぎのないものとなる。

「だがな……」

意次の目元が歪んだ。

「口さがない者が、陰で言うているのだ。家重様のお子であれば、同じように暗愚なのではないか、とな」

「なんだと……」

「うむ、おまけにその言葉で、上様の迷いもまた深まっておられるごようすなのだ」

「なんと」

加門は口を曲げた。と、同時に、意次を正面から見る。

「わたしは前から訊こうと思っていたんだが、そなたら御側衆は家重様の将棋の相手をしているであろう」

「ああ、しているぞ。家重様はご幼少の頃に上様に教えられて、将棋はお好きだし、強くてあられる」

「そなたはわざと手加減して、負けたりはしていないのか」

首をかしげる加門に、意次は顎を反らした。

「まさか。手加減などするものか、真剣勝負をしておるぞ。それでも、勝つことはできないのだから、わざと負けたりするわけがない」

「そうか」

さらに首を曲げる加門に、意次は姿勢を正した。

「そなた、家重様にお目通りして、暗愚との噂を真《ま》に受けたか……だが、それは間違いだぞ。家重様はお言葉を発するのにつっかえるが、お言葉自体がご不自由なわけではない。お考えもまっとうだ」

「ああ、すまん」と、加門も背筋を伸ばす。

「実を言えば、その辺がはっきりと判断できかねたものでな、そなたに確かめたかったのだ」

「ふむ……」意次の背中から力が抜けた。

「いやまあ、わたしも実を言えば、最初は判断ができかねた。わたしは十六のときに小姓として上がったのだが、初めてお目通りしたときにもやはりお言葉が聞きとりにくくてな、ここだけの話だが、当初はうろたえたものだ」

「やはり、そうか。では、ご幼少の頃からなんだな」

「ああ、ずっと以前より付いておられる大岡忠光様の話では、やはり最初からお口がご不自由であられたそうだ。それゆえ、人前にお出になるのも厭《いと》うてこられた、と聞いている」

ふうむ、と加門は頷く。

対面した相手に、奇異な目で見られ、あげくは暗愚とまで評されては、人と対するのがいやになっても不思議ではない。しかし、それがまた口さがない者に勢いをつけさせてしまうのだろう。廃嫡を言い出した松平乗邑や、宗武ら二人の弟、そしてそれらに阿《おもね》る者達にとって、都合のよい事態を作り出してしまっている。

うつむいて考え込む加門に、意次が口を開いた。

「大岡様は家重様のお言葉をなんなく聞き取られて、まったく障りなく話しておられる。上様は多少、お気が短くてあられるから、いらいらされるのかもしれないと、わたしは感じているのだがな」

「なるほど。弁舌に長《た》けたお方や頭の回りが早いお人などは、聞いているだけで侮《あなど》ってしまうかもしれないな」

「うむ。まあ、上様の場合は、我が子ゆえのはがゆさというのもおありだろうが」

意次の言葉に、加門は目を見開く。

「あぁ、そうか。期待を持つほど、失望も大きくなるということだな」

「そういうことだ。だからこそ、廃嫡などという讒言《ざんげん》に、お心が揺れてしまうのだと思うぞ」

加門は改めて、意次の思慮に富んだ眼差しを見つめる。

「そなたはやはり聡《さと》いな」

「なにを言う」意次は笑う。

「そなたこそ、家重様をうかつに判断しなかったのはさすがだぞ。この先も、敵に惑わされぬよう、冷静に対処してくれよ。家重様が将軍になられたら、そなたはその御庭番となるのだからな」

「うむ」と、加門が顔を上げた。

「しかし、御長男をお世継ぎになさるのは、家康公がお決めになったこと。なのに、上様が迷われるのは、なにゆえであろう」

「ふうむ、それはわたしもいま一つ腑《ふ》に落ちないのだ。だが、考えてみれば上様御自身が、そもそも長子ではなかったわけだしな」

「そうか、上様は末子であられたな。兄上方は亡くなられたのだから、問題はないはずだが、なにか確執のようなものがあったんだろうか」

「ううむ、そのへんのこと、以前、父に尋ねてみたことがあるのだがな、言葉を濁して語られないままだった。いずれまた、聞く機会があるかと思うていたのだが、父上は思いのほか早くに亡くなってしまったのでな」

意次の父意行は、二年前に四十九歳で亡くなっている。

加門は腕を組んだ。

「そうか、いや、実はわたしも父に訊いてみたことがあるのだ。だが、我が父などは、そなたの父上よりも年下なせいか、上様のお若い頃のことはわからぬ、とそのひと言で終わりだ」

「そうか、しかたないな」

苦い顔で頷き合いながらも、加門は背筋を伸ばした。

「いずれにしても、長子相続は徳川家の家訓。家重様こそが我が上様となられるお方だと、わたしは思うているぞ」

「うむ、そのとおりだ。それを違《たが》えれば、お家が揺らぐやもしれん。わたしもなんとしても家重様に将軍になっていただかなくては、と思うておる。そなたも力を貸してくれ」

「ああ、なんとしてもお世継ぎの地位を守らねばな」

加門が拳《こぶし》を振り上げると意次もそれに倣《なら》い、二つの拳が宙でぶつかった。

朝の早い時刻に、加門は医学所へと向かった。

阿部将翁は、この医学所で暮らしている。高齢であるために朝も早いのだろう、明け六つ（六時）から薬園の世話をし、薬の調剤などをする、と聞いている。講義にはまだ早すぎるこの時刻であれば、問うことを妨げる者もいないはずだ。

門のない玄関前から、加門はそっと裏へと回った。

住み込みの弟子らは、台所で朝餉のしたくをしているらしい。飯の炊《た》ける匂いと、味噌の香りが、湯気とともに窓から漂って出ている。

薬園でしゃがんでいる将翁の姿が目に入った。

「おはようございます」

近づいて声をかけると、加門は横に並んでしゃがんだ。将翁は、

「なんじゃ、早いな。ほれ見ろ、福寿草《ふくじゅそう》の蕾《つぼみ》が出はじめたぞ。もうすぐ咲くじゃろうて」

と、黄色い花芽を指さす。その手元を、加門も覗き込んだ。

「本当ですね。これは花も薬になるのですか」

「いいや、根だけじゃ。心の臓の働きをよくする。だが、多すぎれば心の臓を止めてしまう。それゆえに、素人《しろうと》に使わせてはいかんのじゃ」

「心の臓を……」

真剣な面持ちになる加門を、将翁は横目で見た。

「で、なんじゃ、先般、聞きたいことがあると言うていた続きか」

「あ、はい、そうなのです」

加門はしゃがんだ姿勢のままかしこまった。

「先生は清国で修業され、阿蘭陀医学も学ばれたと聞いて、お訊きしたかったのです。実は……言葉を発するのが不自由なお方がいるのですが、それは聡明さに障りがあるのかどうか、知りたいのです」

「言葉が不自由とな。聞き取ることはできるのか」

「はい、多少時間はかかりますが、話しておられることはわかります」

「ふうむ、話の内容はどうじゃ。整合しておるのか」

「はい、それもちゃんとしております」

「こちらの言うことは、飲み込めておるか」

「ええ、それはちゃんとわかっておられます」

「ふむ、では、声の出し方に難があるのか」

「はい、そのように見受けます。お顔が、その、なんというか強《こわ》ばっておりまして、特に口が少し……尖《とが》っておられるというか……」

「強ばり、か。手や足はどうか」

「それは普通です。お顔だけです。もっとも、お身体のほうもやや動作は遅いように感じますが」

加門の説明に、将翁はしばし考え込んだ。

「ふうむ、それはおそらく麻痺《まひ》であろう」

「麻痺、ですか」

「そうだ。わしは清国で見たことがある。さる良家の子息でな、そのお人は手と足も強ばっておった。首も傾いていて、やはり言葉が上手《うま》く出せなんだ。だが、言うておることは至ってまっとうで、頭の出来は普通なのだ。我が師からも、知恵には障りがなく、筋の麻痺だと教えられた」

麻痺、ともう一度つぶやいて、加門は考え込んだ。

「では、聡明さで劣っているわけではないのですね」

「ふむ、周りからは勘違いされやすいが、知恵の障りではない」

将翁はそう言うと、ゆっくりと立ち上がった。

加門もそれに続いて、腰を上げると、師の横顔を見た。

「治す術《すべ》はあるのでしょうか」

将翁は首を横に振る。

「いや、それは多くが生まれつきの障りであるゆえに、為《な》す術はないそうじゃ。だが、身近に助ける者がおれば、支障はなかろう。ましてや、手足に不自由はなく、顔だけであるならば、どのような役目でもまっとうできるであろうよ」

将翁はちらりと上背のある加門を見上げる。

「そなた、大岡越前守様からの口利きであったな。いかなる役を負っているのかは知らんが、またなにか聞きたいことができたら、遠慮のう来るがよい」

にやりと笑うと、将翁は歩き出して振り向いた。

「そなた、朝餉はすませてきたか」

「いえ」

「なれば来い。遠慮はいらんぞ」

はい、と加門はその背を追った。

講義が終わって医学所を出た加門の肩に、雪が落ちてきた。

空から、大きめの雪がひらひらと舞い降りてくる。

そうだ、と、加門は家へと早足になった。

髪を町人髷《ちょうにんまげ》に結い直し、着流し姿になる。長い羽織をはおって、編み笠を手に取った。雪であれば、笠を被っていても怪しまれることはない。

加門は手に木の箱を持って、外へと出た。煙草《たばこ》の葉が入ったものだ。以前に、ここに潜んでいた誰かが、煙草売りに扮《ふん》したさいに使った物だろう。

加門は胸の内で思いを整える。寒い日に難儀を押して得意先に行く煙草売り、という姿を気持ちの上で作り上げる。が、本当の行き先は日本橋駿河町だ。

細木昇庵をもう少し探らなければならない。

先日、顔を変えていたとはいえ、正面から向き合ってしまったのは不利だった。おまけに、立ち回りまでしてしまったのだから、用心を重ねざるをえない。

加門は笠の内から、細木昇庵の家を見た。戸口は閉まっており、しんとしている。

一度通り過ぎて、また戻って来ると、加門は角で立ち止まった。そば屋の屋台が目に入る。冷えてきたせいか、四人の客が立ったままそばをたぐって、白い湯気を立てている。加門もそこに並ぶと、

「そばをくれ」

と、声をかけた。細木昇庵の家が見える位置に身体をずらして、熱い丼《どんぶり》を受け取

る。湯気越しに目を据えながら、鰹出汁《かつおだし》のつゆを啜《すす》った。

「こういう寒い日には、そばがなによりってえもんよ、なあ」

隣の男に声をかけられて、加門が頷く。

「ああ、まったくだ、芯からあったまるな」

町人姿のときには、町人言葉がすらすらと口をついて出てくる。この臨機応変ができなければ、御庭番として採用されない。

「兄さん、七色《なないろ》はかけたかい」

隣の男が差し出してくれた七色唐辛子《とうがらし》を、加門は、

「おう、すまねえな」

と受け取る。山椒《さんしょ》や陳皮《ちんぴ》の香りが鼻をくすぐり、そばの旨味《うまみ》も増す。

「ひと味増すな」

加門の言葉に、そば屋が返す。

「うちの七色は上物ですからね」

「へえ、だからかい、うめえや」

そばをあらかた食べ終わったときに、加門の目が動いた。

細木昇庵の家の前に、駕籠がやって来たのだ。法印のように自前の駕籠はさすがに

ないのだろう、呼んだらしい。家の中から細木昇庵が現れ、手ぶらのまま駕籠に乗り込んだ。

どこかに往診か……。じっとようすを窺うが、弟子は出てこない。供も付かないままに、駕籠が動き出した。

弟子が付かず、薬箱を持っていない。となれば、往診ではないのかもしれない……。

加門は慌てて懐に手を入れると、小銭を屋台の端に置いた。

「ごっそさん、勘定、ここにおくぜ」

屋台を離れると、進みはじめた駕籠のあとをそっと歩き出す。

駕籠は日本橋を離れて、城の左側を回り込んで行く。なだらかな坂道の周辺は、武家屋敷の長い塀が並ぶ町だ。

加門は長く間を置いて、うしろを歩く。

弟子も供もないのが幸いして、相手は気づくようすもない。

旗本屋敷の多い番町《ばんちょう》の一画で、駕籠が止まる。

門がすぐに開かれ、駕籠は中へと消えて行った。

加門はその前を通り過ぎて、次の辻を回り込んだ。ひと巡りして、再びその門の前に戻って来ると、ちょうど前からやって来た商人の姿を捉えた。炭屋らしい。

加門は笠を少し上げて、細木昇庵が消えた門を顎で示しながら、いかにも商売で訪れた煙草屋らしく腰を曲げた。

「すいやせん、ちょっとお聞きしやす、こちらは里中嘉右衛門《さとなかかえもん》様のお屋敷でしょうか」

でまかせの名を言って問うと、

「里中……」

と、男は首を振った。

「いいや、こちらは門倉孝之助《かどくらこうのすけ》様のお屋敷だ。里中様というお名は、この辺りでは聞かないね」

「おや、そうですかい、こりゃ道を間違えたか、まいったな」

加門の頓狂《とんきょう》な声に、男は気の毒そうに頷いた。

「そのようだな」

いや、まいったな、とつぶやきながら、加門は会釈をして、歩き出す。

その頭の中に、聞いたばかりの名を刻み込んでいた。

四

「まあ、加門、戻ったのですか」

桜田の御庭番御用屋敷で、加門は母の笑顔に出迎えられた。

「ええ、ちょっと用事ができましたので」

上がり込んだ加門は、父のいる部屋へと向かった。

「おう、どうした」

「父上、『旗本武鑑《はたもとぶかん》』を見せてください」

うむ、と父の友右衛門は身体をひねって棚に手を伸ばす。

「そら」と手渡された書物を、加門は膝の上で開いた。

『旗本武鑑』は『大名武鑑《だいみようぶかん》』『御役武鑑《おやくぶかん》』とともに、町中でごく普通に売られている書物だ。『御役武鑑』には公儀の役に就く武士が網羅してあり、御庭番も載っている。御庭番十七家もそこに含まれているが、実は密偵であることなどは、もちろん知られていない。

三冊の『武鑑』は、江戸の書肆《しよし》が出版をはじめた物だ。商いをする町人は、取引のために武家の仔細《しさい》を知りたがる。ために版元は武家それぞれの姓名や家紋、官位や役職、石高、屋敷の所番地や内室《ないしつ》に至るまでを調べて、出版するようになった。役職や禄などの変更に対応するため、毎年、改訂もしている。

加門は頭に刻み込んだ名を復唱しながら、『旗本武鑑』をめくっていく。と、その手が止まった。

門倉孝之助の名を見つけたのだ。役は書院番組頭《しょいんばんくみがしら》、禄は千石、家紋は左右二本の開いた松葉が菱形《ひしがた》を作っている松葉菱《まつばびし》だ。

じっと読み込む息子の顔を、父は横目で見つめている。加門は将軍からじきじきに役目を賜ったのだから、親子といえど詮索《せんさく》は無用だ。

加門は父に向けて顔を上げた。

「父上、松平乗邑様や宗武様の側についている方々というのは、はっきりとしているんでしょうか」

ふむ、と父は胡座の向きを変えて息子と向かい合う。尋ねられれば、答えることはやぶさかではない。

「はっきりと態度を示しておられる方もいるが、表には出さないお方もおるな。どう転ぶかわからないことを考えると、慎重になるのだろう。うまくいけば出世につながるが、下手《へた》をすれば失脚にもなりえるからな」

「なるほど、大きな賭のようなものですね」

「そうだ、勝てば相手を蹴落とせるし、負ければ己が失墜《しっつい》。まあ、その賭を恐れる者は、どっちつかずの日和見《ひよりみ》を決め込むというわけだ」

「書院番組頭だと、出世の道はまだまだあるんでしょうか」

ふむ、と父は息子の手から『旗本武鑑』を取り上げると、加門が目で追っていた辺りを読んだ。

「これか……ならば組頭から書院番 頭《しょいんばんがしら》になるという目があるな。禄は千石から四千石になる」

「そんなに変わるんですか」

「そうだ、屋敷も変わるだろう。そのまま出世の道に乗れば、さらに先へ進むのも夢ではない」

「その先……」

「欲のある者ならば、若年寄《わかどしより》という御役を望むこともあろう。御役は世襲が基本とはいえ、公方様や老中に取り立てられれば、異例の出世も難しいことではない」

「へえぇ」

目を見開く息子に、父は苦笑する。

「それゆえに、取り入ろうとする方々が引きもきらんのだ。人の欲というのは、際限がないからな」

はあ、と加門は溜息を吐く。

「出世欲というのは大したものですね」

「うむ、だが、悪いわけではない。欲というのは力だからな」

「力」

「そうよ、思いを実現する力……されば実際に欲を持つ者だけが、望みを叶えられるのだ。山に登ろうと欲し、決意した者でなければ山は登れないであろう。まあ、たとえ決意して踏ん張っても、本当に上まで行けるのはひと握りだ。だが、まずそれを望まなければ、山を登りはじめることすら、できんのだ」

「なるほど……父上もそのような思いを持ったことがあるのですか」

息子の問いに、父は眼《まなこ》を上に向けた。

「うむ、そうさな……江戸に移ることとなった折には、人には言わなんだが、大望を腹に秘めて国を出たものだ。お役目で功を立てて名を上げよう、とな。道々、紀州の山を振り返って思い、富士の山を見て思い、江戸城の大きさに目を瞠《みは》りながら、そう決意したものよ」

へえ、と加門は初めて聞く話に、眼を細めた。

そこに小さな足音が響いた。

「兄上がお戻りなのですか」

芳乃が顔を覗かせる。

そのうしろから、母も首を伸ばした。

「夕餉は食べるのでしょう。泊まっていけるのですか」

「はい。明日は医学所も休みなので、登城してから戻ろうと思っているのです」

「まあ、そう。なれば、芳乃、加門の好きな炒《い》り豆腐を作りましょう、そなたも手伝っておくれ」

「はい」

いそいそと二人は台所へと向かう。

加門は父へと声を落とした。

「まだ、探索は進んでいないのですが、一応、上様にご報告しておいたほうがいいでしょうか」

「うむ、そうさな。お役目を言いつかっておるのだから、経緯をお伝えするのも必要であろう。まあ、それも上様のご都合次第。とりあえず、明日、添番頭にお訊きしてみよう」

「はい」

加門はかしこまって頷いた。その胸の内で、一つの迷いを揺らしていた。西の丸はどうしようか……。意次と家重の顔が浮かんでいた。


朝、外は真っ白に変わっていた。夜半に降り積もった雪が、あらゆる色を覆い隠していたのだ。

加門はその雪を踏んで、西の丸の御広敷に向かっていた。

まだ、家重に報告するほどのことはつかんでいない。細木昇庵の家に毒薬にもなりうる薬が多量にあった、などと言えば、家重の疑念を深めてしまうだけだ。まだつかめていない、ということだけを、意次から伝えてもらおう……。そう考えながら、加門は西の丸の中奥戸口に立った。

なんだ、と目顔で問う伊賀者の番人に、加門は姿勢を正した。

「本丸添番御庭番見習い宮地加門と申す。お小姓田沼主殿頭意次様にお取り次ぎ願いたいのですが」

「見習いが、お小姓の田沼様にだと……」

番人は鼻にしわを寄せると、加門を上から下まで見る。

「お願いいたします」

改めて腰を折ると、番人は不機嫌そうに、

「一応、訊いてみよう」

と、座敷にいる添番に伝えに行った。添番も訝しげな面持ちでこちらを一瞥《いちべつ》してから、奥へと消えて行く。

加門は土間に入って、そのまま直立した。番人もいかにもお務めとばかりに、うしろに付いている。

西の丸の警護は厳しいのだな……。加門は背中に番人の眼差しを感じながら、胸中で独りごちていた。

しばらくすると、見慣れた姿が廊下をやって来た。

「おう、加門、登城していたのか」

意次の親しげな声音に、番人と添番が目を合わせ、気まずそうに横を向いた。

「奥へ来い」

意次の言葉に、加門は寄って行って声をひそめる。

「いや、まだご報告できるほどのことはないのだ。それだけを、とりあえず伝えてもらおうと思って呼んだのだ」

するると、意次も声を落として加門の耳に口を寄せた。

「大納言様がお呼びなのだ」

家重様が……加門が口だけを動かすと、意次も目だけで頷いた。

「さ、参れ」

歩き出す意次に、加門も慌てて上がって付いて行った。

奥のこぢんまりとした部屋に入ると、家重が脇息《きょうそく》にもたれている姿があった。いつものように大岡忠光が横に付いている。

膝を着いて低頭する加門に、家重が手を上げる。

「近う、寄れ」

は、と膝行すると、加門は少しだけ、額を上げた。

「畏《おそ》れながら、いまだ医者に関しての探索は不十分でして、報告できますほどのことがございません」

家重はゆっくりと強ばった口を開く。

「ふむ、まあ、よい。医術は、どうか、学んで、おる……か」

「はい。阿部将翁先生のもとで、日々、研鑽《けんさん》しております」

「そう、か。意次、あれを……」

家重の言葉に、意次は小さな木箱を手にすると、加門の前に置いた。

「開けてみよ」

意次の声に、加門はそれを手に取って蓋を取る。

「あ、これは……」

そうつぶやいて、思わず家重を見る。

「人参《にんじん》ですか」

朝鮮《ちようせん》から買っている高価な薬草だ。

「うむ」

と、家重が頷く。直視してしまった無礼に気づいて慌てて目を反らすと、加門は改めて桐の箱に入った二本の人参を見た。一本はとびきり大きくて太い。

「どうだ、物は」

問う家重に、加門は戸惑いつつ答える。

「は、実は某《それがし》、絵では見たことがあるのですが、実物を見るのは初めてでして……」

それに助け船を出すように意次が言う。

「書物で見たのだな。なれば、効用は知っているのであろう」

「はい、人参は血の巡りをよくし、身体を温め、疲労を除き、五臓の働きも助け、元気も出させる……さまざまに補う効能があることから〈補薬《ほやく》の王〉とも言われております」

「ふむ」

家重の相づちで、意次が言葉をつなぐ。

「懐妊をした婦人《ふじん》が服むのはいかがなものか」

え、と戸惑う加門に、意次は家重をちらりと見て了承を得てから言った。

「それは松平乗邑様からお幸の方様に、と贈られた物なのだ。お身体をいたわるようと仰せられてな」

なるほど、と加門は腑に落ちた。不審を抱く相手から薬を贈られれば、疑念を生まないはずがない。

「畏れながら、某はお答えできる知識がありませぬ、ゆえに、師である阿部将翁先生に確かめたく存じます」

「うむ、それで、よい」

家重が頷く。

「かしこまりました」

加門は蓋を閉めて、意次へとそれを差し戻す。が、意次はそれをまた押し返す。

「持って行ってよいと仰せだ。それは本物の人参であるかどうか、なにか別の物であるともいえぬゆえ、それも調べてほしいのだ」

加門はぎょっとしそうになる顔を、なんとか平静に保った。そこまで疑っているのか、と思うが、顔に出すわけにいかない。

「頼んだ、ぞ」

家重の言葉に再び「はっ」と低頭して、加門は退く。

廊下に出た加門に、意次もすぐに追いついて耳元でささやいた。

「近々、またそなたの家に参る。ゆっくり話そう」

「わかった」

頷く加門に、意次は踵を返して戻って行った。

本丸御広敷。

雪の積もった庭から、にぎやかな声が聞こえてくる。

加門はそれに耳を傾けながら、木の陰から首を伸ばした。女達の高い声が重なり、笑い声も立っている。大奥の女中が雪投げをしているのだ。

さすがに高位の女は出てこないが、下働きの若い娘達は、大はしゃぎで雪玉を投げ合っている。

しかし、大奥の女中達を男の目に晒《さら》すわけにはいかない。大奥手前の御広敷は武士らも行き交うのだ。ために娘達を、御広敷伊賀者達がぐるりと囲んでいる。それも男の顔を女中に見せてはならぬということで、伊賀者らは背を向けて、輪になっているのだ。

加門は陰からそれを窺った。幸い、父の友右衛門は、その役から逃れられたようだ。庭の片隅を歩く背中は父に違いない。家紋である並び矢が、羽織の背に見てとれる。輪になった伊賀者の代わりに、庭を見廻っているのだろう。

輪の中から黄色い声が上がる。

娘達は伊賀者が背を向けているのをいいことに、雪玉をぶつけているのだ。背中に、ときには頭に、雪玉が当たって砕ける。それがうなじに入り込んで、大慌てて掻き出している男もいる。

それを見た加門は、自らのうなじに雪を当てられたように、肩をすくめた。

いやはや、冷たかろう、とんだ災難だな……。加門はそうつぶやきながら、そっと、そこを離れた。

「宮地加門」

と、うしろから呼び止められた。添番だ。

「御休憩所の四阿で待て」

そう言った声の重さで、それが将軍の指示であることがわかった。

「承知いたしました」

加門は小さな四阿へと向かった。御広敷の庭には将軍のための御休憩所がある。その横には小さな茅葺《かやぶ》き屋根の四阿もある。

石の敷いてある四阿の内側には、雪はほとんど吹き込んでいない。そこに立って、加門はじっと吉宗を待った。頭の中で言うべき言葉を何度も並べ替えていると、雪景色など、目に入ってこない。

加門の頭の中で阿部将翁の言葉が甦《よみがえ》る。「言葉が不自由なのは筋の麻痺のせいで、聡明さに障りはない」それを反芻《はんすう》しながら、上様に言おうか、と迷う。が、いや、それはおこがましすぎる、とすぐに否定する。家重様に将棋をお教えになられたのなら、強いこともご存じであろう。なれば、頭のよさもおわかりのはずだ。わたしごときが言うべきことではない……。そう考えて首を横に振りつつ、しかし、と、また迷いが湧いてくる。

考えに耽《ふけ》る加門の耳に、人の気配が届いた。あわててそちらを向くと、小姓を残して、吉宗が一人でやって来るのが見えた。

膝を着いて迎える。

と、吉宗はすぐに、

「ああ、よい、冷えるゆえ、そこに座れ」

そう言って、板壁に添って作られた長床几《ながしょうぎ》を差した。言いながら、自身も直角に曲がった一方の床几に腰を下ろす。

壁のない東に向かって眼を細めると、吉宗は大きく息を吸い込んだ。白く雪化粧《ゆきげしょう》をした町と青い海が、見事な色の重なりを見せている。

「雪はよい。身が引き締まる」

吉宗の力強い声が、白い息とともに放たれた。

は、と加門は小さく頷く。

「して」吉宗はそちらに顔を向けた。「町医者の件、なにかわかったか」

いいえ、と加門は恐縮する。

「申し訳もありませぬ、まだ、ほとんど……。ですが、弟子の細木昇庵の家に忍び込みましたところ、匙加減の難しい薬が多量にしまってあるのを見つけました」

「忍び込んだとな」吉宗が目を見開く。「して、それはどのような薬なのだ」

「はい、ほんの少量であれば、薬として効きますが、匙加減一つで、毒にもなり得るものです」

「毒……人を殺せるほどか」

「はい。医者であれば、持っていても不思議ではないのですが、扱いが危険なために、腕に自信のない医者は持つことすらしません。それに、種類があまりにも多かったので、少々、気になった次第です」

ふうむ、と吉宗が腕を組む。

これを家重に言えば、おそらく毒を盛られたと激怒するに違いない。が、吉宗は家重に言ったりせず、ようすを見つつ胸にしまっておくだろう、と加門は踏んでいた。

「そうか、では引き続き調べてみよ」

「御意」

加門はほっとする。なに一つ報告がないのでは、無能と断じられてしまう、という不安もあったからだ。

「ですが」加門は下げていた顔を上げた。「申し訳ありませぬ。徳丸法印のほうは、まだほとんど調べが進んでおりません」

「ふむ」

吉宗は海へと目を向ける。

「まあ急がずともよい。あの者はそれほど怪しいとは思うておらぬ。とりあえず、ひと通り調べてみよ。さすれば、家重の気もすむであろう」

吉宗が立ち上がる。

加門は床几から降りると、膝を着いた。なるほど、上様は家重様のお気をなだめるために、調べさせているのか、と納得する。

四阿から外へと、吉宗の足が出たのがわかった。と、外から声が上がった。

「父上、そちらでしたか」

加門が息を呑む。宗武の声だ。

「散策ならお供をさせてください」

宗尹の声もする。

二人の声が近づいてくる。

まずい……。加門は頭を深く下げた。西の丸で出会ったときに名乗りはしたが、将軍の御庭番であることは告げていない。この先の役目を考えれば、できれば知られたくない。

四阿を出た吉宗の所まで、二人の兄弟はやって来た。

加門は息を殺して、四阿の中でそっとうしろに退く。

「父上、吹上の御庭に行ってみませんか」

そう言いながら、宗尹が先に立って歩き出すのが気配で察せられた。

吉宗もそれに続いたのがわかる。

早く行ってくれ……。加門は胸の中で繰り返していた。が、人の気配が、間近で動いた。

宗武だ……。加門の目に、その足が敷石を踏んで入って来たのが映った。

「そのほう、面を上げよ」

加門の喉を唾が下りる。

「聞こえぬか」

荒立った声に、加門はぐっと手を握った。

ゆっくりと顔を上げる。

「そなた……」

宗武の歪んだ顔が見えた。

「やはり西の丸にいた……御庭番であったのか」

苦々しげな声音が、頭上から降った。

再び頭を下げて身を固くする加門は、そのうなじで、宗武が睨んでいる気配が感じられた。

「兄上、参りますよ」

宗尹の声が響いた。

宗武の足が動き、吐き捨てるような声が降った。

「覚えておくぞ」

敷石を蹴るようにして、四阿から出て行く。

気配が遠ざかるのを確認してから、加門はゆっくりと顔を上げた。

ふう、と大きな息が口をついた。

真っ白な雪に黄昏《たそがれ》の色が映える。

加門は城を出て、歩き出した。

明日は医学所の講義があるから、今日は須田町の家に戻らなければならない。雪道を踏みしめながら、加門はいつの間にか手を握りしめていたことに気がついた。

一日の内に将軍とその跡継ぎに目通りし、敵対する宗武にまで会ったのだ。肩に力が入り、首筋も硬くなっているのも無理はない。

気持ちをほぐすため、にぎやかさを求めて加門は日本橋へと向かった。

本町の通りは、たとえ雨や雪の日でも人が行き交い、威勢のよい声が途切れることはない。店先の商品や女達の着物で、色合いも華やかだ。

加門はほっと息を吐いて、道をゆっくりと歩き出した。張り詰めていた気持ちが弛む。と、その気が背中に集まった。眼差しを感じる。

振り返ることなく、歩みもそのままに、加門は道を行く。

気のせいではない……。加門はそう感じて、背後に気を集中させた。やや離れて、気配が付いて来ている。

加門は足を止めた。本や絵を商う書肆が広い間口《まぐち》いっぱいに、書物を並べている。それを見るふうを装って、加門は店先に立ち止まった。

そのまま横目で、付いてきた人影を見る。

三十過ぎくらいの浪人ふうの男だ。目立たぬ身なりだが、目つきが鋭い。が、その目を正面に据えて、加門は眼中にないという風情で歩んで来る。

男が背後を通り過ぎた。

殺気だ……。加門はうなじに寒気を感じた。

店の中に入り込んで、男をやり過ごす。

「へい、いらっしゃいまし」

手代の挨拶に、加門は店先の上がり框に腰を下ろした。とりあえず時を稼ぎたい。

「なにをお探しで」

と、問う手代に、加門は、

「ああ、『荘子《そうし》』を探しているんだが、あるだろうか」

「ええ、はい、少々お待ちを」

手代が奥へと消えて行く。

加門は上から下げられた版画を見上げる振りをして、考えを巡らせた。

西の丸での宗武らの言葉が思い出される。

「やはり富士の見える部屋がいいですね。兄上が主になられたら、わたしに梅の間を使わせてください」

そう言った宗尹に、宗武は答えた。

「うむ、よいぞ。好きな部屋を使うがいい」

本来の主が小菅御殿で身動きがとれなくなっているあいだのできごとだ。戦乱の世であれば、謀反《むほん》ともとられかねない。

あのやりとりを加門が聞いていたことに、宗武らは気がついているはずだ。吉宗や家重に伝えたのではないか、と疑心暗鬼になっているに違いない。さらにこの先、多くの人々に話す恐れもあると、考えているはずだ。

なればいっそ、消してしまおう。宗武がそう決めてもおかしくはない……。加門はそう思い立って、再び拳を握りしめた。

しかし、宗武が浪人を抱えているなどということはありえない。おそらく、宗武を擁立《ようりつ》する家臣の誰かが、指示を受けたのだろう。

だが、罪に問われるような仕事を家来にさせるわけにはいかない。そうした仕事は、日頃から抱えている浪人らにさせるのが、普通だ。城を出た加門を付けさせ、隙あらば殺せと、命じたのだろう。あの浪人は、その刺客に違いない……。

加門は気づいていないふうを装いながら、外へと気を集中させた。先ほどの男が、戻って来たのが目の端に映った。斜め向かいの店先に立って、こちらを窺っているのがわかる。

どうしようか、と加門は自問する。このまま家に帰れば、居場所を知られてしまう……そして、おそらく夜には忍び込まれて殺されるだろう。

よし、と加門は立ち上がった。

「旦那、『荘子』がありましたよ」

ちょうど本を手に戻って来た手代に、

「すまん、用事を思い出したのでまた来る」

と言って、加門は外へと出た。

神田とは反対の方角へと歩き出す。

男が間を置いて付いて来るのが感じられた。

日本橋を出て、八丁堀《はっちょうぼり》を抜け、海のほうへと歩き続ける。

海際は武家屋敷が並び、大名の下屋敷なども点在する人気《ひとけ》の少ない一帯だ。運河も多い。

どこかから船に乗ろう、と加門は考えていた。

小舟で大川から両国《りょうごく》に行ってもいい。渡し舟に乗って、佃島《つくだじま》に行く手もある。どこかで撒いて、宿にでも泊まればいい……。そう思いながら、加門は四つ角を曲がった。が、その先は川だった。

しまった、と足を止める。

振り返ると、男の姿が角から現れた。

辺りは人影がない。

男の手が刀に伸び、白刃が抜かれた。

加門も刀を抜いて、そちらに向く。

雪でぬかるんだ地面を踏みしめながら、加門は相手を正面から見据えた。

「何者か」

そう問うと、浪人もじりりと足を前に進めた。

「ふん、こちらも確かめておこう。そなたは宮地加門で間違いないか」

「そうだ。誰の命《めい》か」

「誰……ふん、主だ」

男は口を歪めて笑う。

「まあ、元は縁もゆかりもない主だがな、雇われればそれが主よ。そなたのような幕臣には、金で雇われる仕事などわかるまい」

「仕事か……大儀《たいぎ》のある仕事とも思えぬが」

加門の言葉に、男は冷えた笑いを吐き出す。

「はっ、大儀もくそもあるか。これがなにやら卑劣な仕儀であることはわかっておるわ。ふん、それがなんだ。目障りゆえに国を潰すという徳川よりはましであろう。幕臣などに義理を立てるいわれなどないわ」

お取り潰しによって浪人となった家の出か……。加門は刀を握る相手の手を見た。流浪を思わせる荒《すさ》んだ手だ。

加門はうしろを目で確かめた。数歩下がれば、川だ。

男は刀を構え直すと、

「武士の礼儀だ、名乗っておこう。拙者は水瀬新右衛門《みなせしんえもん》と申す」

そう言って、ふっと息を吸った。

新右衛門の足が地面を蹴った。その勢いのままに、白刃を振り上げ、下ろす。

加門も刀でそれを受ける。

ぶつかり合った白刃が、重い音を立てた。

ともに、一歩ずつ飛び退いて、間を作る。

男は刀を横に構えると、じりじりと間合いを詰めてくる。

加門は下段に構えをとって、横にずれていく。うしろは川だ。

はぁっ、という息とともに、男が斬り込んで来た。

加門は腰をかがめ、それを躱《かわ》す。と、すぐに身を翻して、男の背を斬った。傾いたその脇腹に、峰を打ち込み、加門はその刃で相手を押した。男の姿が目の前から消える。同時に、水音が響き渡った。喚《わめ》きながら、水をかくような音が上がる。

加門はそれを背に、走り出した。

第四章　兄弟

一

朝のにぎやかさが、家の中にまで届く。職人の多い神田は、男達の声が大きい。

加門は二階の窓を小さく開けて、外を窺った。

手に、昨日、刺客を斬ったときの感触が甦る。

川から走って戻ったあとは、なにも起きることはなかった。目が冴《さ》え、横になることができずに朝を迎えたが、明るくなってから、少しだけまどろんだ。

その赤い眼で、加門は町のようすをうかがう。窓の下を行き交う法被姿の職人達は、大工道具や植木鋏などを肩にしょって、跳ねるように歩いて行く。近くに武家屋敷の並ぶ一画もあるために、道には侍の姿も混じる。隠れ家をここに決めたのは、町人姿でも武士の形《なり》でも目立たない、というのが理由だろうと、加門は改めて納得した。

しばらく外を窺うが、怪しい人影は見当たらない。

大丈夫なようだな……。加門はつぶやいて、出かける身じたくをはじめた。寝不足だが、頭はまるで苛立つように冴えている。戸を閉める手にも、勢いが余った。

医学所の席に落ち着くと、加門はやっと肩の力を抜いた。

阿部将翁は今日も、よく通る声で講義をする。

周囲に人がいることで安心したためか、加門はしだいに眠気に襲われた。

「おい、起きろ」

隣の正吾に肘でつつかれ、二度、起こされた。

講義が終わると、正吾がにやりと笑った。

「なんだ、夜遊びでもしたか」

まさか、と言いかけたが、本当のことを言うわけにもいかない。

「いや、まあ……」

「なんだ、怪しいな、もしやこれか」

小指を立てる正吾に、加門は苦笑する。

「そんないい話ではない、本を読んでいただけだ」

「なんだ、つまらん」

「そうだな」

そう笑い合っていると、外からざわめきが伝わって来た。

「土左衛門《どざえもん》が上がったそうだ」

「浪人らしいぞ」

「見に行こう」

皆がさざめきながら出て行く。

昨日の水瀬新右衛門か……。加門の眉間が寄る。死んだ、いや己が殺したのだ、と嚙みしめるが、それほどの動揺は起きない。御庭番とて、いつ、同じような目に遭うかわからないのだ。

浪人はおそらく引き取り手がないまま、葬《ほうむ》られるだろう。

土左衛門は身元がわかるまでその場に置かれるが、三日たっても知る者が名乗り出なければ、身元不明として、無縁墓に入れられる。浪人を雇っていた武家が、それはうちの刺客だと名乗り出るはずはない。が、それも御庭番と同じだ。御庭番も、状況によっては、身元不明でこの世から葬り去られることになるのだ。

まあ、しかし、それも宿命というものだ……。加門は喉の奥で、一人、苦笑する。

正吾は立ち上がって、

「おい、見に行くか」

と、振り返った。が、加門は首を振る。

「いや、わざわざ行かなくてもいいだろう。それよりそばでも食いに行こうじゃないか。あったまるぞ。死体を見て肝を冷やすより、ずっといい」

「ふむ、それもそうか、うまいことを言うな」

加門の言葉に、正吾も素直に頷いた。


数日後。

加門は明け六つにまた家を出て、医学所へ向かった。

薬園に回るが、阿部将翁の姿は見えない。もっとも、雪の積もった薬園は福寿草の黄色がかろうじて見えているだけだ。

「おはようございます」

中へ入って行くと、薬研《やげん》で生薬をすりつぶしている将翁の姿があった。

ちらりと見る目に挨拶をして、加門はその横に座る。

「また、聞きたいことができたか」

将翁の問いに、加門は懐から木箱を取り出して蓋を開けた。

「はい、これを見ていただきたいのです」

手を止めた将翁はそれを覗き込んで、ほう、と声を上げた。

「ずいぶん立派な人参じゃな」

「やはり、人参に間違いありませんか。わたしは初めて本物を見たものですから」

ふむ、と将翁は一本を手に取って鼻に近づけると、くんと匂いを嗅いだ。

「間違いない、これは上物じゃ。わしは清国でも長崎でもずいぶんと人参を見たが、大きさや実の形、根の出方など、実にいろいろとあるんじゃ」

将翁は上目で加門を見る。

「で、聞きたいことはそれだけか」

「あ、いえ……あの、人参というのは懐妊した婦人が服《の》んでも、害はないものなのでしょうか」

「ふうむ、それか。まあ、清でも朝鮮でも、身体に良いということで、懐妊した女に服ませるという話は聞いておる。だが、それはよくないという者もある。清国でわしが教えを受けた師は、死産や流産を招く怖れがあるからと、禁じておったな」

「そうなのですか」

「うむ、人によっては障りなく子を産む者もあるというが、障りの出る者も少なくないということじゃ」

加門は唇を噛む。そうなると、松平乗邑がどのような意図を持って贈ったのか、判じきれない。

加門は以前に聞いた話を思い出していた。

松平乗邑とお幸の方には因縁《いんねん》がある。

遡《さかのぼ》れば、松平乗邑が老中となったのは、享保八年（一七二三）のことだった。このとき、家重は十三歳で、すでに世子として西の丸に暮らしていた。乗邑は老中就任とともに、家重や宗武ら、吉宗の息子達と対面したことだろう。その後、いつそれを思いついたのかは定かでないが、乗邑は家重廃嫡を言い出したのである。が、徳川家康が長子相続を家訓としたことからも、吉宗はそれを受け入れなかった。

すると数年後、乗邑は家重の正室選びに動き出した。

乗邑の出た家は大給《おぎゅう》松平家だ。徳川の祖である松平家の庶流であり、三河《みかわ》の名門だ。

ために朝廷にも伝手《つて》があったらしく、伏見宮家の姫宮を家重の正室とする取り決めをまとめたのである。

姫宮の増子は聡明で才気に溢れた女性《にょしょう》と評されていた。乗邑はそこを買ったともいわれる。が、同時に、増子は病弱でもあった。乗邑の狙いはそちらであろう、と見る向きもあった。

聡明な御簾中を通して家重を操ろうと考えたのか、病弱な身体では、世子を儲けることはできまいと踏んだのか。どちらを考えたとしても不思議ではない。

やがて、同い年の家重と増子は、享保十六年、二十一歳の歳に婚儀を挙げた。増子は西の丸大奥の主となったのである。

そして、二年が過ぎた頃、増子は懐妊した。が、死産に続いて、増子自身も世を去った。そのあとに家重の寵愛を受けたのが、京から増子に付き従ってきたお幸の方であったのだ。増子との縁を結んだのが乗邑であったのだから、お幸の方もやはり同じ糸につながっているといえる。

それらの流れを踏まえると、乗邑がお幸の方の身を案じて人参を贈る、というのも不自然ではない。

加門は腕を組んでじっと考え込んでいた。

将翁はいつの間にか、また薬研を動かしている。その将翁がふと顔を向けた。

「その人参は、御種人参《おたねにんじん》ではあるまいな」

は、と加門が顔を上げると、将翁はいや、と首を振った。

「まさかな。日本の土ではそこまで立派に育つはずがない。朝鮮の山奥で穫《と》ったものじゃろうな」

「土……とは、人参は土が大事なのですか」

「うむ、そうじゃ、わしは公方様の命《めい》を受けて、小石川《こいしかわ》と吹上の御薬園で人参を育てたことがあったがな、どちらもうまくいかなんだ」

えっ、と加門は改めて白髪の師を見つめた。

吉宗が人参の栽培を奨励していることは知られている。本草学や医術に関心の高い吉宗は、吹上の御庭をはじめ、各地に薬園を造らせてもいる。

「そうでしたか。そういえば、先生は薬草の探薬使も務められたんですよね」

「うむ、公方様の命を受けてな、日本中を歩いて薬草を集めたものじゃ。それを買われてか、人参の栽培にも携《たずさ》わったんじゃ」

吉宗は人参を国内で栽培すべく、対馬《つしま》を通して朝鮮から人参の種を買い入れた。それを各地の大名に与え、栽培を命じたのである。将軍から賜った種は御種と呼ばれ、そこから御種人参の名が生まれることとなった。

「やはり難しいのですか」

「ああ、江戸では無理だ。土も合わんし、天候もいかん。小石川の御薬園では多くの者がいろいろと試したが、一つとして育たんかった。大岡越前様も見に来られたが、がっかりして帰られたものじゃ」

「大岡様……それで先生はお知り合いなのですね」

「うむ、越前様は小石川養生所の開設にもご尽力されたし、わしも御薬園造りに携わったから、よく顔を合わせたものよ」

なるほど、と加門は得心する。

「先生はなんでもやってらっしゃるんですね」

ふふ、と将翁は微笑む。

「医術と本草学に関することなら、労は厭《いと》わん。清国におったときには、朝鮮との国《くに》境《ざかい》にまで行ったこともあるぞ。その辺りも人参が穫れると聞いたのでな。それはなんとも寒い所での、冬には川まで凍るのだ」

「へえ、川まで」

「うむ。であるから人参には寒冷な土地がよいのだろうと思うていた。江戸で栽培を失敗したときに、それを思い出したのだ。それで日光《にっこう》で栽培することを思いついたんじゃ。弟子を行かせて育てさせたら、見込みどおり、うまくいったのよ」

「そうだったんですか」

目を瞠る加門に、うむ、と将翁はしわを深めて笑顔になる。

その二人のあいだに、台所から煮炊きの香りが漂ってきた。

「飯ができるぞ、食っていけ」

はい、と加門も笑顔になった。


医学所を出て、加門は神田の道を歩く。

すでにこの町並みにも馴れ、威勢の良い男達の声にも馴れた。

そんな光景を見ながら、家へと向かっていると、加門の前にいきなり人影が飛び出した。

「旦那」

先日、江戸患いの留吉を背負ったとき、いっしょにいた大工の若者だ。

「ああ、よかった、見つかった、いやぁ、あんときは棟梁もおかみさんも留守だったもんで、ちゃんとお礼もできませんで……あとでこっぴどく怒られやしてね、なんでお名前くらい訊いておかなかったんだって、ね」

ははは、と頭を掻く若者に、加門も笑った。

「ああ、いや、別に名乗るほどの者でもないし、礼を言われるほどのことでもない、気にしないでください」

「いいや、それじゃあ、また怒られちまう。お名前をおしえてください。あ、あっしも名乗ってなかったんだ、銀次《ぎんじ》っていいやす」

「ああ、わたしは宮地加門と申す」

「宮地様、じゃ、ちょいと来ておくんなさい」

「え、どこに……」

「うちにですよ、棟梁がお礼を言わなきゃ気がすまないと言ってますんで、さ」

手で招いて、銀次が歩き出す。加門はまあいいか、とそれに付いて行った。

このあいだの家に着くと、銀次が飛び込んで行った。遅れて入ると、

「こりゃこりゃ、よくお越しくださいました」

頭の光った棟梁と丸い顔のおかみが、上がり框に並んで指を突いた。

「あっしはここの棟梁で安吉《やすきち》といいやす。これはかかぁのお松《まつ》で」

手で示されたお松は、はいな、と笑顔で頷く。

さあ、と奥へと上げられて、茶や菓子が並べられた。饅頭《まんじゅう》は山盛りで、羊羹《ようかん》まである。

「ささ、お上がりください」

「いや、大したことをしたわけではないので、そんな気遣いは……」

恐縮する加門に、安吉は胸を叩いた。

「とんでもねえ、世話になって礼もしねえんじゃ江戸っ子がすたるってもんよ。家で大工が必要になったら、いつでも言ってくだせえよ、飛んで行きまさ」

「はあ、それは心強いことです」

「へえ、お安い御用でさ。あの留吉なんざ、あれ以来そばを食うようになって、すっかり元気になったし、河童の野郎も虫下しを飲んだらすげえのが出て、おっと……いやぁ、がりがりだったのが肉が付いてきましたんで。あれですかい、腹の虫ってえのは、食ったもんを横取りしやがるんですかい」

「ああ、はい。虫がいると、滋養をとられてしまうんです。しかし、よくなったのならよかった。力仕事でやせてしまうと大変でしょうしね」

「へえ、力が出なけりゃ、話になりやせんで。食ってもやせちまうなんざ、もったいねえしな」

「ほんと、いやだし怖いねえ」

お松が丸い顔をしかめると、安吉は横目で見て顎を上げた。

「いや、おめえは少し虫を飼ったほうがいいかもしんねえぞ」

「まあ、なにをお言いだい」

ぴしゃりと腕を叩かれて、安吉は口を開けて笑う。つられて笑顔になる加門に、お松は訊いた。

「お医者の見習いって聞きましたけど、まあ、立派なもんですねえ」

「いや、まだ見習いというとこまでもいってません。勉強をしているだけで」

慌てて手を振る加門に、安吉は腕を組んで頷く。

「いんや、勉強してるってだけでもてえしたもんだ。そいじゃ、法印先生のお弟子ってとこですかい」

「法印……徳丸法印ですか」

「ええ、ここいらじゃ、一等、名の知れたお医者だ。旦那は賢そうだから、そうでしょう」

「いえ、わたしは阿部将翁先生の弟子なんです。けど……いやぁ、徳丸法印はやはり名が通っているんですね」

加門がなにげなさそうに感心してみせると、棟梁は頷いた。

「ええ、そりゃ、格が違いまさぁ。お屋敷だって、まるで大名屋敷みてえに凝《こ》った造りで、数寄屋造《すきやづく》りや書院造りの間《ま》まであるときたもんだ」

銀次が首を伸ばして、加門に言う。

「法印様のお屋敷はうちの棟梁が造ったんですぜ。なにしろ、棟梁もここいらでは名を知られてやすからね」

「へえぇ」

驚く加門に、安吉は首筋をかいて照れ隠しをする。

「なあに、ちょうど手が空いてたから引き受けただけでさ。まあ、数寄屋や書院はできねえ、って大工もいるんでね、しょうがねえってことで」

「いや、大したものですね」

加門は感心しながら、茶碗に手を伸ばして茶を含んだ。

「やっぱり、そういうお屋敷だと、薬部屋も立派なんでしょうね」

「ええ、そりゃね。薬棚を備え付けで作ってくれと言われたもんで、壁一面の大きな物をこしらえやした」

「ええ、それはあっしも手伝ったんで。壁一面どころか、二面でした」

銀次も己を指でさす。

安吉と銀次はそれがいかに手の込んだ仕事であったかを、思い出しながら話す。加門はひたすら感心して、聞いていた。

「薬部屋はだいたい、日の当たらない、けれど風通しのいい場所に作るんですが、やはりそうでしたか」

「ええ、そうでさ。あっしは薬種問屋なんかも作ってますからね、そのへんはもうお手のもんで。ちょうど北東の角っこが広かったんで、そこに造りやしたよ。薬ってえのはあれでしょ、魔除けになるんでやしょ」

「ああ、はい。よい香りのする薬草は魔を退けると言われてます。だから、端午《たんご》の節句には、薬草で薬玉《くすだま》作って飾るんです」

「へえ、さすが、旦那は物知りだ。いや、大工のほうでは鬼門《きもん》除けをするもんでね、北東の鬼門に薬部屋を造りゃあちょうどいいと思ったんでさ」

「なるほど。一石二鳥ですね。法印も喜んだでしょうね」

「いやまあ、あの先生は笑わないんで心根《こころね》はわかりませんがね、賃金ははずんでくれやしたから、気に入ってはくださったんでしょうよ」

「へえ、棟梁の腕に満足したわけですね」

加門は笑みを浮かべる。いい話を聞けた、と自然に湧いた笑みでもあった。

安吉は照れ笑いを隠しながらお松を見る。

「おい、旦那に鰻《うなぎ》でも出しちゃあどうだい」

「おや、そうだね」

鰻、という言葉に喉が鳴ったが、

「いや」

と、加門は立ち上がった。人とのつきあいはあまり深くなりすぎてはいけない。ましてや、貸しを作るのはいいが、借りを作ってはならない。これは御庭番が人づきあいをするさいの鉄則だ。

「用事があるので、戻らねば……」

そう言う加門に、棟梁夫婦が腰を浮かせる。

「まあ、いいじゃありませんか」

「いや、しかし」

「つれねえことを言いなさんな」

「いえ、そうではなく、用事が」

「じゃ、せめて、これをお持ちくださいな」

「いや、それでは……」

押したり引いたりの問答の挙げ句に、加門の腕には山盛りの菓子が押しつけられた。

二

「おうい、加門」

医学所からの帰り道に、うしろから呼び止められた。

「意次」

小走りに近寄って来るのは田沼意次だった。

「そなたの家に向かっていたところだ」

「そうか、ちょうどよかった」

並んで歩きながら、加門は意次の形《なり》をみた。西の丸に詰めているときとは違い、質素な羽織と袴だ。これならば、誰も世子様の小姓とは気がつくまい。

加門は笑いながら、家の戸を開ける。

「さあ、入ってくれ」

「おう、邪魔するぞ」

火鉢に炭をくべながら、他愛のない言葉を交わす。

「で、どうだった、人参は」

意次が話題を変えた。

「ああ、先生に聞いてみたんだがな……」

加門は阿部将翁から聞いた話を意次に伝えた。

「ふうむ、そうか、ではどのみち服まないほうがいいのだな」

「そうだな、危険が少しでもある物は避けたほうがいい。わたしも書物で調べているのだが、判断しきれぬところがあるしな。まあ、それを近々、家重様にご報告に参るつもりだが」

「ああ、そうだな、まあ、じきに節分だから、それがすんでからがいいだろう。今は大奥や中奥は、豆まきのしたくなどをしておるし」

ふふ、と加門は笑う。

「また、そなたの出番だな」

美男の意次は豆まきの華だ。

「よせよ、しかたなくやっているだけだ」

苦笑するその顔に、加門は首を伸ばして声を落とした。

「ところで、お幸の方様は御息災か」

懐妊中に病を得るのは珍しくない。

「ああ、ご無事であられる。お腹も張り出されてきたごようすで、家重様もご機嫌がよい。まあ、周囲はじっと息を詰めて見つめておるがな」

「そうか、西の丸にとっては僥倖《ぎょうこう》、二の丸にとっては不快の種だろうからな」

「そういうことだ。ここだけの話だがな」意次も声をひそめる。

「呪詛《じゅそ》をかけられるのではないか、と言い出したお女中もおってな、呪詛返しの祈禱《きとう》もやっているらしい」

「呪詛とは……」

加門は身を反らした。胡座のままうしろに倒れそうになって、慌てて手をつく。

「昔の朝廷争いではあるまいに、呪《のろ》いなどと今更……」

いやいや、と意次は首を振る。

「なにしろ、お幸の方様はじめ、亡き御簾中様のお付きは、皆、京から来たお人であろう。朝廷や公家ゆかりの方々だからな、呪詛も心底、案じておられるのだ」

「へえ、そんなものか」

「うむ。それに、だな……」

意次は言いにくそうに、少し、間《ま》を置いた。

「呪詛だけでなく、毒も案じておられる」

「毒……」

「そうだ、実は家重様は、御簾中様の一件、毒を盛られたのではないか、と疑っておられるのだ。御簾中様が亡くなられたときのことは聞いておろう」

「ああ、産み月になっておらぬ早産で、しかもお子は亡くなっておられた。御簾中様もその後、ひと月足らずで逝去されたのだったな」

四年前の話だ。

加門の顔が引きつった。

「まさか、それが……」

うむ、と意次が歪めた顔で頷く。

「真相はわからん、死産も産後に母御が亡くなるのも、それほど珍しいことではないからな」

「なにか、毒を盛られたという証《あか》しでも出たのか」

「いや、そのあたりははっきりとはしていないらしい。わたしが小姓として上がったのはその翌年であったのでな、ことのなりゆきも見ておらぬのだ。あとで聞いた話だが、なにしろ産気づかれたのが突然であったし、さらに死産であったろう、そして、そのまま御簾中様もご重態となられたために、大騒動だったそうだ」

「なるほど、ことに当たるだけで手いっぱいだな」

二人は頷き合う。

「そういうことだ。挙げ句に御簾中様が亡くなられて、次はご葬儀だ。四十九日が過ぎるまでは、誰も冷静にはなれなかったようだ」

「ふうむ、それは無理もないな」

「だろう、それゆえに、あとになって、誰かが言い出したらしい。もしや、とな」

誰か……それは家重かもしれないと、加門は思った。廃嫡などと言われれば、疑心暗鬼になったとしても不思議はない。疑念か事実か……判じきれないとなれば、どちらを信じるかは、当人の思いで決まってしまう。

「どう思う、加門」

意次が、沈思する加門に顔を寄せる。

「そなた、毒にもくわしいであろう。簡単に見破れない毒というのもあるのか」

「うむ」

加門は身体をひねって、背後の本を手に取った。

「この『本草学』には実に多くの薬が記されている。毒を持つ物も記されているが、効き方はいろいろだ。じわじわと効くものもあるし、たちまちに命を奪う物もある。血を吐いたりする物なら、周りの目にも明らかになるが、実際はそうでない物のほうが多いのだ」

「そうなのか」

「ああ、心の臓に作用する物であれば、病と判断される。少しずつ弱らせていく毒も、それとはわからん」

ふうむ、と意次は腕を組んだ。

「なれば、本当に毒を盛られていたとも考えられるのだな」

「ない、とは言えんな」

そうか、と意次は溜息を吐《つ》いた。

「いや、わたしは家重様にしても大岡忠光様にしても、疑い過ぎなのではないか、と感じていたのだが……そうか、そうとばかりも言えぬのか」

眉を寄せる意次に、加門も倣《なら》った。

「もし、本当に毒を盛られたとしたならば、非道なことだ」

加門の脳裏には家重の顔が浮かんでいた。

徳川家の将軍は三代家光以降、宮家や公家の姫を正室に迎えている。だが、その縁は政略でしかないために、夫婦の仲がうまくいくとは限らない。家光の正室孝子《たかこ》は本丸御殿から出て、吹上に新たな御殿を築いて別に暮らしていたために、中の丸殿と呼ばれていた。家光の七人の側室は五男一女を産んだが、孝子は一人も子をなすことなく終えている。

四代将軍家綱《いえつな》の正室顕子《あきこ》もやはり子をなしていない。もっとも家綱は最後まで子を持つことはできなかった。側室は多かったものの、懐妊中に死去したり、流産したりで、出産にまで至らなかったのである。家綱は婚儀以前に多くの愛妾を持っていたため、正室との仲がうまくいかなかったとも伝えられている。

家綱に世子がなかったため、養子として入った家光の四男綱吉も、やはり同様であった。五代将軍を継ぎ、公家の姫信子《のぶこ》を正室としたが、夫婦として睦《むつ》まじくなることはなく、子をなさないままに終わった。

続く六代将軍家宣《いえのぶ》にはやはり公家から熙子《ひろこ》が嫁いだが、この夫婦は例外であった。一男一女をもうけたのである。が、いずれも夭折《ようせつ》してしまい、跡継ぎとはならなかった。世子となったのは側室の子である。そしてその子家継《いえつぐ》も、七代将軍を継いだものの、わずか八歳で世を去った。

その死によって、八代将軍を継いだのが吉宗だ。

吉宗もやはり公家から理子《まさこ》という正室を得ている。が、理子と婚儀を挙げる前に、すでに幾人もの愛妾がおり、のちにそれぞれが家重、宗武、宗尹らを生んでいる。引き替え、理子は吉宗の子を産むことなく、若くして世を去った。

これらを踏まえれば、家重と増子はそれまでの形だけの夫婦とは違っていたことがわかる。婚儀から二年ほどで懐妊したのであるから、睦まじかったのであろう。

そう考えると、加門の腹の底が熱くなった。子とともに妻を亡くした家重の悲嘆はいかばかりであっただろうか……。

「家重様とお子をお守りせねばならぬな」

加門の言葉に、意次も強く頷いた。

「うむ、なんとしてもな。非道なことなどさせてはならぬ。加門、そなたを頼りにしておるぞ」

「おう、できることはなんでもするぞ」

頷き合いながら、二人の眼差しが交わった。

阿部将翁の声が弟子達の頭上に広がっていく。

「すべての物に陰陽《いんよう》がある。昼は陽、夜は陰、天に昇るお陽様《ひさま》は最も大いなる陽ゆえ、太陽という。対して月は陰じゃ。夏は陽で冬は陰、山は陽で海は陰、花は陽で根は陰、男は陽で女は陰、しかし人の場合はちと複雑になる。身体のうちの芯は、男が陰で女が陽じゃ。それに、ときとともに変わる。赤子は陽が強く、老人は陰が強い。陰陽の塩梅《あんばい》が崩れるゆえに、どちらも病にかかりやすいのだ」

へえ、という声が弟子達のなかから洩れる。

「陰陽の兼ね合いがよければ、それが元気となる。が、どちらかが強くなりすぎれば、元気が損なわれて病を生む。ゆえに、足りなくなったほうを補うために、補薬を投じて、よい塩梅に戻すことが肝要である」

なるほど、と加門もつぶやいていた。陰の強まった者に陽の補薬を与えれば、整って、元気を取り戻す。ということは、陰の強まった者に、陰の薬を与えれば、ますます病を重くできるということか……。

将翁の声は続いている。

やがて、昼九つ（正午）の鐘が鳴って、将翁は手にした書物を置いた。

「よいな、陰陽の理《ことわり》は漢方医学の根幹だ、よく覚えておくのじゃぞ」

見回す将翁に、最前列から、小さく手が上がった。葛飾《かつしか》の庄屋の息子である豊吉《とよきち》だ。

「あのう、なにゆえに山が陽なのでしょう」

周りから抑えた笑いが起こる。

「陰陽の振り分けに理由はない。先人が感じて判断してきたのじゃ。なぜと問うても意味はない」

将翁は苦笑しながら、諭《さと》す。

豊吉はこの家に住み込んでいる内弟子だ。毎朝、味噌汁を作るのが役目だが、兄弟《で》子《し》に怒られているのを、加門は何度か見たことがあった。

「あのう、では」と、豊吉が再び口を開く。

「赤子は陽が強いというのならば、冷やせばいいんでしょうか」

周りからどっと笑いが起きた。将翁は苦笑を深めて首を振る。

「冷やしてはいかん。外邪《がいじゃ》となって身を損なう」

「先生」

と、やはり最前列の並びから手が上がった。旗本の息子である八木松之丞だ。

「陰陽の強弱はどのように測れば良いのでしょうか」

「うむ、それに関しては、これからときをかけて教えてゆく。今は気を研《と》ぎ澄ませて陰陽を感じるように努《つと》めてみよ。だんだんとわかるようになろう」

はい、と松之丞が頷いたのを機に、将翁も頷いた。

「では、また明日じゃ」

出て行く将翁に礼をすると、まもなく弟子達はざわついた。

松之丞は並びの豊吉に向かって眉を寄せた。

「つまらぬことを問うて、ときを無駄にするでない。そなたは頭の出来が違うことを弁《わきま》えろ」

豊吉の顔が赤くなる。

「せ、先生は、なんでも問えとおっしゃってくださいました」

「先生がおやさしいからといって、図に乗るのが間違いだというておるのだ。そもそも百姓の子など、端から頭の作りが違うのだから、黙って聞いておればいいのだ」

松之丞の言葉に、皆は口を閉ざしてそちらを見る。中には眉を寄せている者もあるが、口は開かない。そこに、

「身分と頭は関わりのないことであろう」

加門の声が上がった。思わず言葉を発してしまったことに、加門自身、戸惑いながらも、毅然と胸を張って松之丞を見た。

「そうだ」

言葉を続けたのは、隣の正吾だった。

「生まれと頭は関わりないぞ。公方様にだって暗愚のお子は産まれるんだ。百姓に英

明な子ができても不思議はなかろう」

加門はぎょっとして口を噤《つぐ》んだ。

「それもそうだ」

と、周囲から声が上がる。

「豊臣秀吉公《とよとみひでよし》だって、足軽の出だ」

「うむ、反対に生まれはよくても、愚策を弄《ろう》して滅んだ大名も多いぞ」

「御曹司《おんぞうし》は馬鹿が多いしな」

くすくすと笑う周囲に、松之丞は鼻にしわを寄せて立ち上がると、畳を蹴るようにして出て行った。

「はは、ざまあみろ」

正吾が口を開けて笑う。

加門は口を噤んだまま、友の横顔を見た。将軍の暗愚の子とは、家重のことなのだろうか。そのような噂が、こんな所にまで広まっているというのか……。驚きが胸に広がる。

家重のことは城中の重臣なら知らぬ者はない。さらに廃嫡騒ぎによって、目通りをしたこともないような旗本らにさえも知れ渡った。

しかし、と加門は思う。正吾の家はお目見え以下の御家人だ。それに、正吾の言葉に、誰一人、驚きを示さなかった。家重様のことは広く知れ渡っている、ということなのだろうか……。

加門は密かに唾を呑み込むと、素知らぬふうを装って正吾に口を開いた。

「なんだ、公方様のお子は暗愚なのか」

あ、と正吾は笑顔のまま、加門を見る。が、すぐにまずいことを言ったと気がついたように、声をひそめた。

「知らないのか、よりによって御長男が暗愚で、下の兄弟が聡明でな、ためにお世継ぎを廃嫡して、弟に将軍を継がせようとしているらしいぞ」

加門の喉がきゅっとしまった。そんなことまで知れ渡っているのか……。が、その驚きを秘めて、感心したように目を見開いた。

「へえ、よく知っているな」

「なにを言うておる、皆、知っているさ。前の老中首座の水野《みずの》様のときだって、辞職と伝えられたが、本当は罷免《ひめん》されたって、すぐに知れ渡ったじゃないか」

加門が唾を呑み込む。

今の老中首座は松平乗邑だ。が、その前は水野忠之《ただゆき》がその座にあった。それが享保十五年に突然、辞任をしたのである。だが、実は事実上の罷免であったと、城中では知らぬ者はなかった。理由は定かではないが、失脚したのである。

加門は改めて、周りの弟子達を見た。

それが町中に知れ渡っていたとは……と、愕然《がくぜん》とする。わたしはこれまで御用屋敷と城中という狭い世しか知らなかったということか……。加門はぐっと唇を嚙んだ。

三

番町の坂を加門は上っていた。

この先に昇庵が訪ねた旗本門倉孝之助の屋敷がある。すでに二度、来ては見たものの、中間《ちゅうげん》や商人の出入りを見ただけで、探索は進んでいなかった。

前方の門を見つめていた加門が、その顔を反らした。脇戸が開いたのだ。中から、若侍が二人、出て来て、こちらに向かって来る。

加門はなにくわぬ顔で、その二人とすれ違った。

小さく振り返って羽織を見る。が、紋は付いていない。

門倉家の者ではないのだろうか……。そう思いつつ、進む足を緩めた。

しばらく行って、また振り向くと、二人が坂を下りたのがわかった。加門は踵を返して、あとを追った。

町を歩いていた二人が、くるりと身体の向きを変え、広い間口をくぐった。湯屋《ゆうや》だ。加門もそのあとに続く。

二階で刀を預けると、風呂場へと移った。

湯屋は広い。湯船も二十人ほどが入れる大きな物だ。身体を洗う岡場《おかば》も広いが、窓のない内側は暗く、湯気で煙っている。その至る所に男達の影があり、にぎわっている。

湯船に身を沈めた二人に続いて、加門も熱い湯の中に入った。湯船でも、声や笑いがこだましている。若侍は身体を洗ったり、また湯につかったりをして、やがて脱衣所に続く石榴口《ざくろぐち》をくぐった。少し遅れて加門も続き、着物を羽織ると、二人と同じように二階へと上がった。

もともと、湯屋の二階は武士の刀を預かる場所だった。それがだんだんと整えられて畳敷きになり、今では休憩所として、皆がくつろぐ場になっている。将棋をさす者もおり、茶や菓子を買って楽しんでいる者もある。

あちらこちらから湧く話し声は、いろいろなお国言葉が混じっている。近くにあるいくつかの藩邸に、江戸勤番《きんばん》で詰めている武士達だろう。それらに混じって浪人もいるし、町人の姿も見える。

若侍二人は、真ん中に胡座をかいて向かい合った。加門はその背後で、壁際に座ると、茶と饅頭を頼んで食べ出した。その横目で若侍のそれぞれの顔を見た。一人は眼が細く、もう一人は鼻が尖っている。

「そういえば、あのお家の跡目争いはいかがなったか、知っておるか。嫡男よりも弟のほうが聡明で、家が二つに割れたという話だが」

細目が聞こえよがしな声で、尖り鼻に語りかけた。

「さあ、未だ決着が付いていないようです。長子を推す者、弟を推す者と、どちらも引かないという話ですよ」

いきなりはじまった話に、加門は横目で当人らと周りのようすを探る。

二人の会話に、周囲が耳を傾けているのがわかった。話をしながらも顔や耳がそちらに向いており、どこの家の話か、と好奇心を顕わにしている。

「ふうむ」と細目が言う。

「長子にこだわると、碌《ろく》なことにならんのだがな。皆が反対した長子に継がせたら、そのまた長子が不出来で跡継ぎができなかった、という話も聞いたことがあるな」

加門は思わず唾を飲んだ。三代将軍家光のことを言っているに違いない。二代将軍秀忠《ひでただ》の嫡男の家光は、心身ともに脆弱《ぜいじゃく》であったらしい。ために兄よりも英明と言われた弟を世子にしようと母のお江与《えよ》らが主張し、争いが起きたことはつとに知られている。家光の乳母である春日局《かすがのつぼね》が家康に直訴し、長子相続を決定させたのだ。だが、家光の嫡男であり、四代将軍となった家綱はやはり脆弱であった。赤子の頃に、頭を患ったという話も伝わっている。そのためか、側室などが多かったにもかかわらず、子を持つことが叶わなかった。跡継ぎがないために、館林《たてばやし》の徳川家から養子をとったのである。

暗にそのことを指しているのではないか……。加門はそう斟酌《しんしゃく》しながら、二人を窺った。

周りの者らはどこまで、その暗喩《あんゆ》を察しているのかはわからない。にやにやとしている者や、首をかしげている者など、さまざまだ。が、そのようすを見ながら、加門は、なるほど、こうして噂というのは広められるのだな……と、得心した。

そこに一人の勤番侍らしい男が首をひねって、細目を見た。

「それは、どこのお家のお話でごんす」

「いや、そこは」

と、細目が首を振ると、周囲から声が上がった。

「察しろ、無粋だぞ」

「推して知るべしだ」

田舎侍め、とでもいうように、含み笑いが起きる。

いやいや、と細目の男も苦笑のような笑いを返す。

「跡継ぎ選びは難しいものよ、へたをすればお家が潰れるのだからな」

尖り鼻も頷く。

「まったく。ふさわしい者をつけるのが肝要というものです」

そう言い合うと、ひと仕事を終えたとでも言うように、二人は壁際に移ってきた。

加門の間近に腰を落ち着けると、細目は、

「おい、茶をくれ」

と、湯屋の娘に声をかけた。

運ばれた茶を飲みながら、今度は声をひそめて話し出す。尖り鼻が部屋の向かい側で胡座をかいている浪人を目で示した。

「兄上、あの者はどうです」

「どう、とは……新右衛門の後釜《あとがま》ということか」

その言葉に、加門が息を呑む。

新右衛門とは、あの刺客の水瀬新右衛門か……。手に、斬ったときの手応えが甦る。

では、あの刺客は門倉孝之助に雇われたのか、そして、この二人は何者なのか……。

加門はじっと息を詰め、二人に耳を向けた。

兄と呼ばれた細目が言う。

「うむ、目つきは鋭いが、腕はどうであろうか。新右衛門とて目は鋭かったが、あっけなく並び矢の若造に殺《や》られてしまったではないか」

並び矢……。それは宮地家の家紋だ。己のことを言っているのだ、と加門は喉が鳴りそうになるのをぐっと堪えた。

新右衛門がなにゆえに、自分をそれと判じたのか……加門はそれに引っかかっていた。だが、なるほど、と思う。宗武が自分の容貌と家紋を伝えたに違いない。おそらく、書院番組頭である門倉孝之助自身に。

書院番は将軍警護を役目とし、城の御殿内に詰める武士だ。将軍のみならず、西の丸に世子がいるときには、そちらにも何組かが置かれる。さらに、近年、家重を廃嫡し、宗武を世子につけるべしという動きが出たおりに、例外的に宗武の暮らす二の丸にも書院番が置かれるようになった。

門倉孝之助は、二の丸詰めであるのかもしれない。なれば、こたびのことも納得できる。宗武の命《めい》を受けて、すぐさま門倉が新右衛門を放ったのだろう……。加門はそう考えて、二人の若侍を目の端で見た。

弟の尖り鼻が言う。

「新右衛門などにまかせずに、わたしが手を下せば、討ち取れたのです。宮地加門とやら、しょせんは庭掃除をする伊賀者でしょう。わたしの腕ならば、一太刀で討ち取って見せますよ」

「そう、急《せ》くな、力之助《りきのすけ》。そもそも、我らは相手の顔も知らんではないか」

「ええ、ですから、新右衛門とともに行っておけばよかったと思うのです。まかせたのが間違いだった」

弟が口惜しそうに言うのを、兄は冷静にたしなめる。

「なに、そもそも、我らが手を汚すことはない。端《はした》の始末は端にさせればよいのだ。第一、下手《へた》に動いて家名を傷つければ、父上の出世の妨げになる。それでは元も子もなくなるぞ」

「ふむ、それもそうですね。父上には、なんとしても番頭《ばんがしら》になっていただかなければなりませんね」

「そうよ、そして、わたしがその後を継ぐ。さすれば、さらに上に登り、門倉家の家名を上げることができるのだ」

くく、と抑えた笑いが二人のあいだに流れる。

なんと、この二人は門倉家の息子であったか……。

兄弟に背を向けたまま、加門は拳を握り締めていた。


医学所の帰りに、加門は両国へ足を向けた。

ここから神田へ続く柳原土手《やなぎわらどて》には古着屋が何軒も並んでいる。江戸の町には、新しい着物を扱う呉服屋よりも、古着屋のほうが多い。町方も武家も、古着を買うのが普通だ。

一軒の店に入り、加門はかかっている何枚もの羽織を見た。武士の着る家紋入りの羽織だ。

武士が着る着物や羽織には、家紋の染め抜かれたものが多い。特に出仕をするさいには、紋付きがたしなみだ。

だが、その紋は必ずしもその家の家紋とは限らない。主や上役からの褒美など、人から贈られたものであれば、贈り主の家紋が入っている。町奉行所の同心なども、家臣が世話になった礼にと大名家から贈られた羽織を着ることがある。大名家の家紋は誇りともなるのだ。

加門は一枚いちまい、めくって紋を確かめる。

宮地家の家紋である矢羽根が縦に二枚並んだ家紋は、特別に珍しいというものではない。しかし、御庭番十七家では宮地家だけだ。

加門は一枚を手に取った。紅葉《もみじ》が三角形に三枚並んだ紋だ。生地に張りはないが、物は良さそうだ。

「おや、旦那、お目が高うござんすね。それはお買い得ですよ」

誰にでもそう言うのだろう、と思いつつ、加門は広げてみる。

「そうか、色が良いな」

鳶《とび》のような茶色が好みに合う。

「では、これをもらおう」

加門はそれを買った。


江戸城のお堀沿いを、加門は家へ向かって歩いていた。ちょうど下城の刻限であるために、帰途につく人々が行き交っている。城は身分によって使う門が決められているため、帰る道筋も人それぞれだ。

「加門か」

道を歩いていると、うしろから声がかかった。

連れ立ってやって来たのは父の友右衛門と、村垣家の主であり千秋の父である頼道《よりみち》だ。

父は加門の茶色の羽織に気がつき、見知らぬ紋を見つめた。

「なんだ、買ったのか」

「あ、はい」

ことの経緯は告げずに、曖昧《あいまい》に笑う。家紋を目印に襲われた、などと言えば、母が心配するのは目に見えている。それを見抜いたように父は、

「なんだ、家紋の違う羽織など、うちに何枚もあるぞ」

「え、そうなんですか」

「そうよ、わたしとて、使ったことがある」

そう笑う。

「おう」村垣頼道も頷いた。「わたしだって持っておる。まあ、そういえば、まだ倅に貸したことはないな」

村垣家の長男清之介《せいのすけ》は、加門と同じく見習い中だ。

「今日は泊まっていくんだな」

父の言葉に「はい」と頷きつつ、加門ははたと足を止めて、頼道に向き直った。

「そうだ、御隠居……吉翁《きちおう》はお家におられますか」

「うむ、もう戻っておるであろう。相変わらず若い者に術などを教えておるが、最近は夕刻前には帰って来られる」

「では、少し、お話を聞きたいのですが、いいでしょうか」

加門はそう言いつつ父の顔を窺う。

「なんだ、頼道が良いというのならかまわんぞ」

父の頷きに、頼道も続く。

「おう、こっちはかまわんぞ。父上は加門を孫のように思うておるからな、顔を見せれば喜ぶに決まっておる」

「では、お邪魔します」

加門は勢いよく歩き出す。

村垣家の隠居は初代の吉兵衛《きちべえ》六助《ろくすけ》だ。十数年前に家督を頼道に譲り、今は吉翁と呼ばれて御庭番の息子達に慕われている。変声の術や人相変え、変わり身の術などに長けているために、それを指南しているのだ。

御用屋敷で、加門は父と別れて、そのまま頼道に付いて行った。

「戻りました。宮地家の加門も来ましたよ」

頼道がそう戸口で声を上げると、奥からいくつかの足音が飛び出して来た。加門より一歳上で幼馴染みの清之介が、真っ先に迎え出る。

「おう、加門、久しぶりだな。ゆっくりしていけ、酒でも飲もう」

「ああ、いや、今日は……」

「まあ、加門様」

続いて出て来たのは千秋だ。兄を肘で押しのけると、ずいと前に出て微笑んだ。

「ようこそ、おいでに、ささ、お上がりください。わたくし、新しい術を習得したのです、見てくださいな」

「いや、その、今日は……」

苦笑する加門の背を、頼道が叩きながら笑う。

「加門の取り合いだな。しかし、今日は父上に会いに来たのだ」

「まあ、お爺様《じじ》にですか」

千秋が口を尖らせる。

ゆっくりと、吉翁も奥から出て来た。

「ほう、わしにか。それはうれしいことよ、では、さぁ参れ」

くるりと背を向けた吉翁に、加門は付いて行った。

奥の部屋で火鉢を挟むと、吉翁と加門は向かい合った。薄い鬢《びん》は真っ白で、まるでそれを補うかのように伸ばした長い顎髭《あごひげ》も雪のように白い。すでに六十代半ばであり、身は細いが、目力《めぢから》は衰えていない。

「わしに用とは珍しいのう、で、なんだ」

「はい、実は上様のことをお聞きしたいのです。紀州におられた頃のことを知りたく思いまして」

「ふむ、ずいぶん昔のことを……どうしたことか」

「ええ、上様はなにゆえに、廃嫡の言上を退けずにお迷いになっておられるのか、気になっているんです。上様のお心に近づくには、お若い頃のことを知るのが大事かと思いまして」

「うむ、なるほどのう。されば話はするが、口外するでないぞ。清之介にもまだ話しておらんのだ。あれは、そなたよりもまだ心持ちが未熟であるからな」

「心得ました」

加門はかしこまった。

将軍吉宗に付いて江戸城に入った御庭番衆は、皆、紀州においても家来だった。が、江戸城に入った時期は皆がいっしょではない。

吉宗は紀州藩主となったあと、江戸の藩邸に入った。その折には意次の父田沼意行を含め、側近を伴った。紀州で薬込役を務めていた者ら数名もその中に含まれ、そのうちの一家が宮地家であった。加門の父友右衛門はまだ十代であったため、父とともに、江戸に入ったのである。

その後、吉宗が将軍となり、紀州から連れて来た側近らを伴って江戸城に移る。続いて家重や生まれたばかりの赤子であった宗武も城へと入るのだが、その際に薬込役の数家もそれに従った。御庭番の誕生だ。この年、吉宗は年号を変え、享保元年とした。

その後も紀州から薬込役が呼ばれて、数が増える。

さらに二年後の享保三年には、吉宗の母お由利《ゆり》の方が紀州から招かれ、江戸城に移った。そのさいにも薬込役が従い、城へと入ってきた。それで、御庭番十七家が揃ったのである。村垣家はその最後に入った家だった。

そのさい、当主であった村垣吉兵衛六助が、今、隠居の吉翁として加門の目の前にいるのだ。

改まって姿勢を正す加門に、ふむ、と吉翁も背筋を伸ばした。

「そうさな、わしは今年で六十四、上様よりもちょうどひと回り歳が上だからな、お生まれになったときのことも覚えておるぞ。そうか、考えてみれば、もう五十三年前になるな」

紀州二代藩主徳川光貞《みつさだ》に四男が生まれたのは、貞享《じょうきょう》元年（一六八四）のことだった。先に生まれていた三人の男子のうち、次男は夭折《ようせつ》していたが、長子の綱教《つなのり》はすでに十九歳になっており、三男の頼職《よりもと》も五歳になっていた。

「だから、四男のお子が生まれたといっても、それほど騒ぎにならなかったな」

吉翁は、声を落とす。

「まあ、それにだ、生んだ母御は側室ですらなかったゆえ、広く知らされることもなかったように思うがな」

吉宗の母お由利の方は、出自《しゅつじ》がはっきりとしない。下級武士である巨勢利清《こせとしきよ》の娘であったと伝えられるが、いや、農家の娘であったとも言われる。いやいや、巡礼の娘でたまたま紀州で奉公するようになったのだ、という話もある。いずれにしても紀州の城の奥勤めに上がったわけだが、役目は湯殿番であった。浴衣《ゆかた》姿で殿様の身体を洗うのが仕事であるから、身分は低い。

だが、殿様に最も近い役目でもある。肌に触れる仕事だからだ。

ある日、藩主光貞の背中を流しているさいに、さる成り行きとなったらしい。湯殿の女中は、やがてその光貞の子を孕《はら》んだのである。そうして生まれたのが四男の吉宗であった。

吉翁は抑えた声のままで語る。

「そのせいか、若君はお城で育てられずに、外に預けられたのよ。伊勢松坂《いせまつさか》の加納《かのう》将監《しょうげん》様の屋敷に託されてな、母御とともに、そこでお育ちになったのだ」

「吉翁は警護役として、そちらに詰めたのですよね」

「ふむ、まあ、警護というよりもお守《も》り役のようなものじゃがな。なにか事があれば、すぐに城へと知らせねばならん。しかし、まあ、その役目をしたことはない。やんちゃな若君の遊び相手をするのが、役目だったようなものだ」

「上様はやんちゃであられたのですか」

「おう、それはもうお元気で勢いがよくてな、言葉を話すのも早かったし、歩き出されたのも早かった。大きくなられると、屋敷や庭を走り回っておられたものよ。加納家の孫や家臣の子らと遊んでおられたが、いつも大将であったな」

「へえ、そのように幼い頃から、上に立つ才がおありだったんですね」

加門が感心したように言うと、吉翁はにっと笑った。

「うむ、まさに才を感じたな。学問もお好きであったし、剣術や武術はどれもひときわの腕前。まあ、いたずらや遊びも人並みを越えておられたがな。屋敷の外に出て、娘をからかったりもして、わしも手を焼いたものじゃて」

ずいぶんと奔放《ほんぽう》なお暮らしをされていたのだな、と加門は思わず笑いをかみ殺した。上様は確かに気さくで、つい気を緩めてしまうようなおおらかさがある。それは、そういうお育ちによるものであったのか……。

「では、兄上方とはまったく違うお暮らしだったんですね」

「そうじゃな。そもそも綱教様と頼職様は、それぞれ母御が違うが、由緒《ゆいしょ》正しい武家の娘であり、きちんと迎えられた御側室であられた。御正室様も公家の姫様であられたしな。だが、お子がおられなかったのでな、御側室のお子が跡継ぎとなられたわけだ。まあ、二人の男子がすでにおられたのでお家は安泰、ということでな、お湯殿番の子にはさほど重きが置かれなんだ」

「なるほど。では、口惜しい思いをされたかもしれませんね」

「ああ、それはそうであろう。家臣からもお湯殿の子、などと口さがなく言われておったし、それはおそらくお耳に入っておったろうよ。さぞかし、歯がゆい思いをされたに違いない」

吉翁は鼻にしわを寄せる。

加門は江戸城の御薬園や御文庫を思い出していた。御薬園は吉宗の命《めい》で作られ、御文庫の蔵書も、吉宗の指示で一挙に数が増えた。南蛮《なんばん》文化にも関心を強め、阿蘭陀の文物を解禁したのも吉宗だ。学問好きで興味の幅が広く、行動力もあり、判断も速い。吉宗が才気に溢れていることは誰の目にも明白だ。それは生まれ持った質に違いない。

加門はほうと息を吐いた。

「才気煥発でありながら、生まれた順や母御の身分で軽んじられておられたのなら、さぞ、無念であったでしょうね」

「うむ、そうであろう。加納様のお屋敷におられた頃は、さほどに感じられなかったろうが、お城に入ったあとは、否応なくその差を味わわねばならん。お城に移ってからは、口惜しそうなお顔をされているのを、よく見かけるようになったものよ」

「されど、お城には移られたんですね」

「ああ、元服の前には、母御とももどもお城に入られてな、殿の参勤交代に付いて、江戸の上屋敷においでになったこともある」

「へえ、では、兄上方との仲はいかがだったんですか」

「兄上、というてもな。御長男の綱教様は二十も歳が上であったし、上様が十五の年に家督を継がれて藩主になられたゆえ、兄上という親しみを持つ暇《いとま》はなかったであろう。下の頼職様は四つ年上なだけであられたが、なにしろともに育ったわけではないからな、やはり、兄弟らしい睦まじさというものを見たことはないな。まあ、そなただから言うことだが……」

吉翁は声を落とすと、加門に顔を寄せた。

「兄上方は、上様のことはお湯殿の子と思うてか、軽んじておられたように見受けられたな」

軽んじて……。加門はその言葉を喉元で反芻した。

「しかし、上様は英明なお方。それがわかれば、周りの見方も変わったのではないですか」

うむ、と吉翁は顔と声を元に戻す。

「それよ、お城に入ってから、上様の聡明なこと、武術に優れておられることがだんだんと知られてな、口さがない陰口も消えて行った。だが……」

吉翁の顔が歪む。

「それを兄上方がどう思われたか、それはわからん。兄弟というのは、わしも覚えがあるが、妬《ねた》みが生まれやすいものだからのう」

なるほど、と加門は声に出さずにつぶやく。加門には男兄弟がいないから実感が湧かないが、周囲の兄弟を見ていると、それは感じられる。兄弟げんかの愚痴《ぐち》も、兄から弟からそれぞれの立場で、何度か聞いたことがあった。

「兄上方も聡明なお方だったんでしょうね」

「ふむ、そうさな。御嫡男は世子として教育を受けて育つものであるし、弟君もその補佐として教えを受けるでな、ご立派であったであろうな。わしはお目通りをしたことがないでわからんが、悪しき話を聞いたことはないな。まあ、だが、ご兄弟のなかでは、上様が頭抜《ずぬ》けて聡明であられたとわしは思うておる」

吉翁がまた声を落としながら言った言葉に、加門は顔を曇らせた。

「しかし、それならば、よけいに上様はご無念だったでしょうね。軽んじられ、せっかくの才を発揮するお役を与えられないとなると」

「うむ、まあ、結果、藩主になられたがな。じゃが、そうした思いを味わわれたからこそ、宗武様の存念もおわかりになるのじゃろうと、わしは見ておるよ」

「そうか……」加門は宗武の悔しさをかみ殺したような顔を思い起こす。

「宗武様は次男であるゆえに跡継ぎにはなれない。長男よりも、自分のほうがずっと優れているとお考えならば、腹立ちさえ覚えられることでしょうね」

「うむ、いらだたしいことであろうよ。上様はそれがおわかりになるゆえに、家重様の廃嫡を言い出されても言下に退けることはできないのであろうな」

「なるほど」と、加門は唇を噛んだ。

「いや、お話が聞けて、いろいろと得心できたことがあります。ありがとうございました」

深々と頭を下げる加門に、吉翁は眼を細めて頷く。

「なに、そなたはかわいい孫と思うておるでな、こんな爺を頼ってくれるのはうれしいことよ。いつでも来るがよい」

はは、と笑い声がこぼれた。


江戸城西の丸。

中奥の部屋で、加門は近づいてくる足音に姿勢を正した。

「待たせた」

そう言う意次に続いて、大岡忠光と家重が入ってくる。

頭を下げる加門に、大岡が、

「よい、面を上げよ」

と言うと、家重は間を置かずに声をかけた。

「して、いかが、であった、か。人参は」

「はい」

加門は膝の前に置いていた木箱の蓋を取って、人参を顕わにした。

「医学所の師に尋ねましたところ、懐妊中の婦人に人参は障《さわ》りとなることも少なくない、ということでした。清国や朝鮮では服ませることもあるようですが、人によって効き目の表れかたも異なり、合わなければ毒になるゆえ避けるが賢明、とのことです」

「さよう、である、か」

家重の声が震える。

怒りのせいで紅潮したその顔を、大岡と意次がはらはらとした面持ちで見る。

加門も気を張り詰めながら、その木箱をそっと前へと押し出した。

「されど、この人参そのものは大変良いものだそうです。大納言様がお使いになられれば、滋養となるかと存じます」

意次が箱を受け取ろうと、腰を上げた。が、

「いらぬ」

と声が飛んだ。

家重が赤い顔で、人参を睨んでいる。

「その、ような、ものは、いらぬ」

強ばった口元がさらに強ばり、震えている。

「持ち、行け……い、医学、所で、使うが、よい」

皆が沈黙する。

意次は上げかけていた腰を下ろして、加門に目顔で頷いた。言われたとおりにするといい、とその目は語っている。

「はっ、かしこまりました」

加門は蓋を閉めると、その木箱を手に取った。家重の目から遠ざけるように、それを脇へと引いた。

人参を懐に西の丸を出て、加門は本丸へと続く坂を上りはじめた。が、ふとその足を止めて、向きを変えた。坂を下って行けば二の丸だ。

加門はなだらかな道を下りはじめた。

宗武が気になる。二の丸に行ったからといってどうなることもないのはわかっているが、ようすを見たいという気持ちを抑えきれない。それに、書院番の門倉孝之助も気にかかる。息子二人は見たが、門倉本人を見ていない。息子のやりとりからして、加門を殺すつもりでいるのだろう。そう思うと、腹に力がこもった。相手がそういうつもりであるならば、敵を知っておかなければならない。

臍下三寸《へそしたさんずん》の丹田《たんでん》にぐっと力をためると、加門は二の丸に続く道へと足を踏み入れた。

木立の陰を歩きながら、加門は二の丸御殿を見つめた。本丸御殿や西の丸御殿に比べると、警備ははるかに手薄で、独自の門もない。

西の丸や本丸に比べれば小さく、半分の大きさもない。

木の陰から、加門は左側に立つ本丸御殿を見上げた。

江戸城は台地の端に建つ城だ。一番高い場所に立つのが本丸で、二の丸からは見上げる高さになる。石垣が築かれ、あいだには濠《ほり》さえある。西の丸は本丸よりはやや下がるが、二の丸に比べれば遥かに高位置にある。二の丸の住人は、日々、本丸や西の丸を見ながら過ごしているのだ。

普段、二の丸に縁のない加門は、改めてその違いを見つめた。なるほどな、と胸の奥で得心する。

兄よりも己のほうが優れていると自負する宗武が、西の丸を見上げて暮らすのは、さぞ口惜しいに違いない。しかし、だからといって、追い落としを企《たくら》むなど、将軍の息子のすることか……そう、口中でつぶやいた。

加門は木立を離れ、御殿のうしろ側を回った。顔を知られているから、宗武と宗尹に見つかるわけにはいかない。そっと、足音を抑えながら、庭へと向かう。

二の丸は低い位置にあるためか、庭に池がある。回遊式の庭園になっており、池を渡る橋や四阿も設《しつら》えられている。

木立から顔を覗かせた加門は、あっと息を呑んで、すぐに顔を引いた。

庭に人影がある。一人を先頭に、家来や女達が付き従っている。

先頭は宗武だ。

池の橋を、宗武が渡りはじめた。うしろに付いた武士が手を伸ばしてなにやら話しかけている。

あれは……。加門はその男の顔を、遠目ながらに見つめた。細い眼に尖り鼻……門倉の兄弟の顔が一つにまとまったような顔だ。

門倉孝之助に違いない……。そうつぶやいて、息を呑む。

笑う宗武に、門倉は腰を折りながら、追従《ついしょう》笑いを浮かべている。

その卑屈にも見える笑顔を目に焼き付けて、加門は踵を返した。

池で遊ぶ人々の笑い声が、背中に聞こえていた。


下城する人々の流れに混じって、加門は外堀へと向かっていた。数寄屋橋御門《すきやばしごもん》が、見えてくる。

江戸城には、内濠にも外濠にも多くの門があり、身分によって使う門は決められている。最も低い身分の者が通るのが、数寄屋橋御門だ。顔を見知った伊賀者らもぞろぞろと門へと向かっている。

門を抜け、濠に架かる橋を渡って、加門は町へと足を踏み入れた。橋を渡ると広場になっており、そこを多くの人々が行き交っている。渡り終えた加門は、はっと息を呑んだ。

広場の片隅に、佇む二つの人影があった。尖り鼻の顔。門倉家の弟力之助だ。隣に並んでいるのは、見知らぬ浪人だ。加門が斬り捨て、川に浮かんだ新右衛門の後釜に違いない。二人は橋を渡ってくる者を目で追っている。特に若い男に目を留め、羽織の家紋を見つめる。

自分を探しているのだ、と加門は唾を呑み込んだ。と、目で己の羽織の紋を見る。着ているのは、朝、父から借りた羽織だ。緑色の地に、宮地家とは別の四《よ》つ菱《びし》の家紋が付いている。

門倉力之助と浪人は、その家紋に目を留め、すぐに逸らせた。加門の足は二人のほうに向かっていた。今更、方向を変えるのは不自然だ。顔をまっすぐに据えて、加門は歩みを続けた。このまま通り過ぎれば、気づかれないはずだ。が、そのときだった。

「おうい、加門」

うしろから声が飛んできた。

加門は息を吞む。

力之助と浪人は、身を乗り出すようにして、こちらを見る。

しまった、と思いつつ、加門はそのまま足を進めた。

「加門、待ってくれ」

声が足とともに、近づいてくる。清之介の声だ。

まずい……。唾を吞み込む加門の肩に、追いついた清之介が手を置いた。

力之助と浪人の目が加門を捉えるのがわかった。

歩みを止めずに、加門は腹を括って清之介を見た。

「どうした、用事か」

いや、と清之介も並んで歩く。

「そなたに用というわけではない、筆を買いに行くんだ。せっかくだからつきあってくれ」

「そうか」

清之介はうれしそうに笑う。御庭番は御用屋敷から、あまり外へと出ない。町に用事があるときは、ついでに息抜きをして楽しむのが常だ。

加門は歩きながら、背中で二人の気配を探った。あとを付いて来ているのが察せられる。加門は片目をしばたたかせて、清之介に聞こえよがしの声で言った。

「ちょうどいい、飯でも食おうじゃないか」

手で新橋《しんばし》の方角を示して、道を右に折れる。

戸惑いながら、付いて来る清之介に、加門はささやいた。

「振り向くな。二人、付いて来ている」

えっと、声を洩らして、清之介が緊張するのがわかった。

「もしかして、呼び止めたのが失態だったか」

うろたえる清之介に、加門は目とささやきで答えた。

「いや、こうなれば撒《ま》くだけだ」

すまん、と清之介がつぶやく。

「わたしはこれだからだめなんだな。そなたはすぐに跡を継ぐことを認められたのに、わたしは未だに考査中だ。この不注意がいかんのだ……」

うなだれる清之介の背中を、加門はぽんと叩いた。

「気にすることはない、これも修業だ」

加門は前方に見えてきた二階屋を指さした。

「料理屋がある、あそこに入ろう」

豆腐と書かれた看板を見ながら、加門は清之介を押して中へと入った。

「いらっしゃいまし」

迎えた手代に、

「座敷がいいんだが」

と、加門はさっさと雪駄《せった》を脱ぐ。

「へい、では奥へどうぞ」

廊下を歩きながら、加門は小さく振り返った。力之助と浪人も上がろうとしているところだ。

座敷に落ち着くと、隣の部屋に力之助らが入ったのがわかった。

ここで襲うことはないだろう、と加門は考えを巡らせる。おそらく、出てからあとを付けて、家を確かめるつもりなのだろう。が、そうはさせられない。

「寒いときには豆腐料理が一番だな」

隣に聞こえるように加門が屈託のない声で言うと、清之介も、

「ああ、寄せ豆腐とがんもどきと、両方食おう、豆腐のふわふわもいいな」

と、調子を合わせる。

「そうだな、豆腐はいくらでも腹に入るから、たくさん頼んでもどうということはないだろう」

そんな他愛もない話をしながら、加門は隣の部屋に耳を澄ませた。己が話しながらも人の話に聞き耳を立てることができるのは、御庭番修業として、幼い頃から教え込まれたことだ。

襖越しのささやき声を耳で捉えた。

「ほんとうにあの若造なんですか。聞いていた家紋と違っておったが」

「紋など、拝領品であれば違ってもおかしくはない。加門と呼ばれていたのだ、あやつに間違いない」

「ふん、なれば簡単にことはすみそうだ」

浪人の言葉を力之助がたしなめる。

「まあな。しかし、侮りは禁物だぞ安田《やすだ》、前の新右衛門もその侮りゆえにやられたのかもしれん。気を抜くな」

二人の声がやむ。

加門は拳を握りしめながら、清之介に向けて明るい声を上げた。

「そなた、木綿ごしと絹ごし、どっちがいい」

「そうさな、それは料理のしかた次第だな。奴《やっこ》ならば絹が好きだが」

清之介も朗らかに答え、加門も続ける。

「そうか、わたしは奴は木綿が良いな。薬味は葱《ねぎ》と生姜《しょうが》だ」

そう言いながら、加門は音を立てずに立ち上がった。そっと袴を取ると、着物を下ろして着流し姿になる。それを見ながら、清之介は衣擦れの音が洩れないように、大声を上げる。

「そういえば、豆腐のたたきというのもあるらしいぞ」

「ほう、そうか、わたしは厚焼きも食いたいな」

加門は羽織を脱いで裏返しにした。緑色の羽織が茶色の羽織に変わり、家紋も丸に扇《おうぎ》の紋になった。清之介は、ほうと声を出さずに口だけ動かした。

「酒も頼むとしようじゃないか」

加門はそう言いながら、清之介に顔を寄せてささやく。

「変声術でわたしの声が出せるか」

え、と戸惑いながらも、清之介は、よし、と背筋を伸ばして口を開く。

「奮発して下《くだ》り物といくか」

清之介の地声だ。続いて、声を変えた。

「いや、それは贅沢だ、そもそもそなた金はあるのか」

加門の声になっている。

加門はにっと笑って、

「さすがだ」

と、頷いた。そのまま声を出さずに「あとを頼む」と口を動かす。

こくりと頷いた清之介は、また口を開けた。

「いっそ、あとで深川にでも行くか」

「なんだ、よからぬことを企んでいるな」

一人二役で、声を変えて話す。

加門はたたんだ袴を懐に入れると、そっと襖を開けた。歩き出した廊下に、清之介の二役声が洩れてくる。

廊下を踏む加門の足音が鳴った。

隣の襖が開いた。力之助の眼差しを背中に感じる。

が、廊下を歩く加門のうしろ姿は、先ほどとは違う着流しに茶色い羽織だ。おまけに、清之介の一人芝居の声が洩れてくる。

襖はすぐに閉まった。

加門は土間に下りると、そのまま外へと走り出た。

第五章　城の大太鼓《おおだいこ》

一

医学所に昼九つ（正午）の鐘の音が響いてきた。

「ふむ、ちょうど区切りが良いな、終《しま》いにする」

阿部将翁は、顔を上げて本を閉じた。

弟子達もざわめきながら、帰りじたくをはじめる。

出て行く将翁のあとを、加門はそっと追った。奥の部屋へと入る将翁に、

「先生」

と、声をかけると、将翁は気がついていたかのように、顎をしゃくった。

「うむ、入れ」

薬園に面した部屋は、将翁の居室であり、書斎でもある。

「また、知りたいことができたか」

机の前に胡座をかいた将翁に促され、加門も向かいに座る。と、懐から木の箱を取り出した。

「いえ、今日はこれを……」

差し出す木箱を、将翁は手に取った。

「なんじゃ、これはこのあいだの人参ではないか」

「はい、いらぬから医学所で使え、と下されたのです」

「ほう、そりゃなんとも気前のいいことよ」

将翁は蓋を開けて、人参を見つめる。その目をちらりと加門に向けた。

「西の丸様か」

えっ……、と加門は声を出せないままに口を開いた。なぜ、わかったのか、とぼけるべきか……、と頭の中を巡らせる。その顔を見て、将翁はにっと笑った。

「案ずるな、口外はせん」

「はあ、恐れ入ります。しかし、なぜおわかりに」

「ふん、爺《じじい》の目を見くびってはならぬ。そもそも、そなたが大岡越前様の口添えで参ったときから、お城絡みであろうと察しはついておったわ。おまけに懐妊中の婦人について尋ねられれば、すぐにわかるというものよ。家重様の御側室が懐妊されておることは、わしも聞いておる」

「そうでしたか、すみません」

「なに、言えぬことも多いじゃろうて、そなたは気にせずともよい。しかしのう、お城の中はまだ不穏なままということか」

腕組みをする将翁に、加門は身を乗り出した。

「不穏、とは……」

「ふむ、以前は御簾中様とお子が身罷《みまか》られたであろう。あの折にも、城中はざわついておったと聞いたぞ」

「あの一件、ご存じですか」

「いや、存じておるのは、亡くなられたことだけじゃ。だが、その後、奥医師が辞職をしたであろう。医者仲間では、罷免は免れまいし、下手をすれば死罪を被《こうむ》るやもしれん、と噂し合っていたのでな、よく覚えておるよ」

「辞職、だったのですか」

「ふむ、御簾中様が亡くなられてすぐに、辞職を申し出て姿を消したそうだ。まあ、お子も母御も助けられなんだのじゃ。普通はいたたまれないであろうよ」

「姿を……」加門は考え込む。

「その医師はどこへ行ったのでしょう」

「わからん。西国に行ったらしいという噂はあったがな。まあ、いろいろな噂が飛び交ったものじゃ」

「噂……それは、不審を持たれたということでしょうか。その医師が、なにかを謀《はか》ったというような……」

加門の真剣な眼差しに、将翁は穏やかに首を振った。

「なに、そう言い出す者もあったというだけのこと。そもそも、さまざまに言われ出したのは、ご葬儀がすんでからであったからな、確かめようはなかったであろうよ。今となっては、すべては闇の中ということじゃ」

「闇の中……」

「そうよ、物事の真相などというものは、多くが闇の中に呑まれて消えていくもんじゃ。それで平穏が保たれることもあるからのう」

「平穏……闇の上に築かれた平穏など、偽《いつわ》りではありませんか」

拳を握る加門に、将翁は苦笑を浮かべる。

「なあに、世の中は真《まこと》よりも偽りのほうが多いものよ。厳しい真よりも無難な偽りのほうが扱いやすい。それも知恵というものじゃろうて」

「知恵、などと……」

「ふむ、年を取ればそなたもわかろう」

将翁は苦笑のまま、加門から目を逸らして、二本並んだうちの大きなほうの人参を手に取った。

「世は理不尽《りふじん》なもの。このような人参も、真に求めている者の手には渡らず、いらぬと言うお人の所へといくのだからな」

太い人参を加門も見つめる。

「それは確かに……先生、それを有意義に使ってください」

「そうさな、では、いずれ病人に服ませて、皆でその効用を見ることにしよう。これはおそらく百両人参じゃ。せいぜい役に立てねばな」

「百両……そんなにするんですか」

「ああ、先日、薬種問屋が言っておったのだ。百両で人参が売れたとな。これのことじゃろうて。どこぞの大名の手に渡ったときには、さらに二十両ほどは乗せられたであろうな、愚かしいことよ」

加門は眉を寄せた。この人参をお幸の方に贈ったのは、松平乗邑だ。

「手に、とは……大名が直《じか》に買ったのではないんですか」

「いいや、薬種問屋は医者や生薬屋に売るのが常じゃ。素人に売れば、それらの商いを壊すことになるでな、普通は売らん」

「では、その薬種問屋は、誰に売ったんでしょうか」

「さあな、それは聞いておらん」

「あの……あの、では、その薬種問屋を教えてください」

「ふむ、日本橋本町の南天堂《なんてんどう》じゃが」

南天堂、とつぶやいて加門は立ち上がった。

「ありがとうございます」

ぺこりと頭を下げると、加門は廊下へと飛び出した。

このまま行くか、いや……。外へと出た加門は、くるりと踵を返して、家へと向かった。


加門は歩きながら、羽織の襟を整えた。家の行李にあった見栄えのする羽織だ。おそらくこれまでの誰かが使ったのだろう。表は良い生地を使っているが、裏は浅葱色《あさぎいろ》である。田舎侍を装うのに、これほど最適な物はない。

南天堂と書かれた看板を見上げて、加門は中へと入った。

「いらっしゃいまし」

と言いつつ、帳場に座る番頭は値踏みをするように加門の頭から足までを見る。

「南天堂の評判を聞いて来たのだが」

加門はそちらに寄って行くと、番頭は帳場から出て来た。

「それはありがとうございます……して、どのような御用向きでしょうか。手前どもにお越しいただくのは初めてとお見受けしますが」

うむ、と加門は仰々《ぎょうぎょう》しく頷く。

「わたしはさる藩の藩医を務めているのだが、こちらでよい人参を扱っていると聞いたのだ。実は我が殿が人参を求めておいでな」

「藩医……殿様のお使いですか。はあ、確かに手前どもは人参は得意でございますよ。ご注文いただければ、お望みのお品を探しますし」

「注文するのか」

「ああ、いえ、小さい人参ならいつでもございますが、お殿様のお望みとなれば、それなりの物となりましょうし、人参と言ってもいろいろですから」

番頭は両手をすり合わせて微笑む。

加門は顔を突き出して、声をひそめた。

「こちらで百両の人参を売ったと聞いたが」

おや、と番頭は身を引く。

「ええ、はい。よくご存じで。しかしながら、あれほどのものはそうそう手に入りませんで。あれも法印先生からご注文を受けてから、四月《よつき》も探して、やっと入手したんでございますよ」

「法印、とは奥医師の法印様か」

城には奥医師として幾人かの法印や法眼が出入りしている。

「いえ、まさか」番頭は首を振った。

「公方様は質素倹約を励行されておりますから、奥医師や医官の方々もそのような買い物はなさりません。徳丸法印先生ですよ。先生は大名屋敷によくお呼ばれになりますからね」

「ほう、そのような法印様がおられるのか」

加門はとぼけて驚きの面持ちを作った。が、心の内では、拳を握りしめていた。徳丸法印が松平乗邑に渡したのか……いや、おそらく、乗邑の命《めい》を受けて、徳丸法印が注文を出したのだろう……。そう思いつつも、平静を装う。

「しかし、四月《よつき》もかかるのか。それでは殿のご意向にはかなわぬな」

加門は腕を組んで首を曲げた。が、すぐに顔を戻すと、

「うむ、それでは、相談してこよう」

そう言って、姿勢を正す。

「はい、さようでございますか。またのお越しを」

頭を下げる番頭に、加門も小さく礼をして踵を返す。

外に出ると、そのまますたすたと歩きながら、頭の中を巡らせていた。

注文を受けてから四月かかったと言ったな。四月前といえば、お幸の方様のご懐妊がわかってまもなくのことだ。やはり、よからぬ意図を持って、人参を手配したと考えるべきだろう……。

加門は立ち止まって、左手を見た。その道の先は、徳丸法印の屋敷に続いている。

松平乗邑と徳丸法印はつながっていたのだ。そして、宗武と書院番の門倉がつながり、門倉と医師の細木昇庵がつながっている。さらに細木昇庵は徳丸法印の弟子だ。

見事に縦と横につながっているではないか……。

加門は唇を嚙んで、空を見上げた。

着流しに編み笠の姿で、加門は日本橋駿河町を歩いていた。手には竹の棒を持っている。棒の先は藁《わら》が厚く巻いてあり、そこには何本もの花簪《はなかんざし》が刺さっている。簪売りの姿だ。

加門は前を通り過ぎながら、細木昇庵の家を見る。

ここしばらく、昇庵の家と徳丸法印の屋敷、そして門倉孝之助の屋敷のようすを探っているが、これといった動きはない。

今日も無駄足か、と思いつつ、昇庵の家が見える位置に立つ。

夕暮れも近づきつつあり、仕事帰りの男達も行き交う。

「お、簪屋かい」

一人の男が立ち止まった。藁に刺さった簪を見やりながら、梅の花をかたどったつまみ簪を引き抜く。

「これをくんな、いくらだい」

「へい、十五文で」

笠の下から見せた加門の愛想笑いに、男は銭を差し出して、へへと笑った。

「これから娘っこ会いに行くんだ、色白のかわいい娘でよ、この簪なら似合うにちげえねえ」

「へえ、そいつはようござんすねえ」

加門も笑顔で頷く。と、その目を横に向けた。

昇庵の姿が、戸口に現れた。

「それじゃ、どうも」

加門は男に礼を言って、歩き出す。

昇庵は一人だ。いつも付いている弟子達の姿はない。

両国の広場を抜け、そのまま橋を渡っていく昇庵のあとを、加門も間を置いて付けて行く。

大川の本所《ほんじょ》側に渡ると、右側を流れる竪川《たてかわ》のほうへ歩き出した。その先には船宿がある。一軒のいかにも瀟洒《しょうしゃ》な造りの船宿に、昇庵は入って行った。

しばしの間を置いて、加門もその戸口をくぐった。

「いらっしゃいま……」

出て来た手代が、加門の姿を見て、口を途中で噤んだ。露骨に眉を寄せ、簪の刺さった竹棒とその粗末な形《なり》を上から見下ろした。普通なら、上がり框に着く膝も、下ろす気は失せたらしい。

「物売りはお断り」

そう言い放つ手代に、加門はずっと歩み寄った。

「今、入った客がいたな、その隣の部屋に通してほしい」

はぁ、と手代が目を丸くする。

「うちは一流の仕出しを出す宿で……」

そう言いかける手代に、加門は懐に手を入れて、半ば出した。

「御用の筋だ」

懐から取り出したのは、家重から賜った葵御紋の輝く短刀だ。

ひっ、と手代の喉が鳴る。

「は、はい、では、どうぞ、こちらへ」

手代が階段の上へと誘う。

加門は足音を忍ばせて、案内された部屋へと入った。

隣の部屋からは、なにも聞こえない。

昇庵はまだ一人ということか……。加門は懐の短刀を納め直した。町人姿で大小の剣を差せないときには、この短刀を懐に呑むのが常になっていた。やはり役に立つな、ありがたい……。そう独りごちながら、加門はそっと、窓へと寄った。

細く窓を開けて、外を見下ろす。

両国橋の東詰《ひがしづめ》の広場が見渡せる。そこを行き交う多くの人々を、加門はじっと見つめた。と、思わず腰を浮かせた。人混みの中に、見知った姿を見つけたのだ。

門倉孝之助だ……。加門は息を呑み込む。門倉のうしろには、次男の力之助とともにいた浪人も付いている。安田と呼ばれていた男だ。

人混みを抜け、二人がこの船宿に入るのを、加門は見下ろした。

窓をそっと閉め、廊下に耳を澄ませる。

下から、一人の足音が上ってくる。安田は下で待たされているのだろう。

「お連れ様です」

手代の声に続いて襖が開き、足音が中へと入って行くのがわかった。続いて女中が膳を運び込む音が響いた。

それらがやみ、静かになった座敷に、加門は耳を向ける。

「して……」

昇庵の声が上がった。

「法印様の人参はいかがでしたか」

ふん、と門倉の声が返る。

「捨てられたようだ」

「捨てられた……」

「ああ、人参は懐妊中の婦人に禁忌《きんき》であると、告げ口をした者がおったのだ。西の丸の者に聞き出したところ、例の御庭番だったそうだ」

「御庭番とは、あの討ち損なったという者ですか」

「そうよ、調べさせたところ、その宮地という若造、田沼意次と懇意《こんい》らしい。ために、家重様の信も篤《あつ》いのだ」

襖越しに、加門はぐっと喉を締める。西の丸に、二の丸に通じている者がいるのか、と拳に力が入る。

「なんと……」と昇庵の声が揺れた。

「では、以前、うちに来た不審な者も、その御庭番やもしれぬということですか」

「不審な者」

「はい、わたしが留守のときだったんですが、病人を連れてうちに上がり込み、薬棚を探った者があったのです」

「ふうむ、剣呑《けんのん》だな。やはりここで会うことにしたのは賢明か。そなた、もう屋敷に参るでないぞ」

門倉の言葉に、はい、と昇庵の声が返る。間を置いて、酒を飲むような音が伝わって来た。

「どのみち……」門倉の声が洩れる。

「次の手を打たなければならん。法印殿は、あとはそなたに任せると言うておられるのだろう」

「あ、はい。毒についてはわたしのほうがくわしいから、と仰せられて」

その声と語り口は不満そうだ。法印は己の手を汚したくないだけ、と昇庵は感じているらしい。

「ふむ、で、どうするつもりか」

「はい……お幸の方様の産み月は五月とのこと。あと二月《ふたつき》ですから、お腹もずいぶんと大きくなっているはずです。となれば、御不調も出やすくなります。そこを見計らって、お薬を作りましょう」

「なるほど。それを宗武様がお見舞いとして渡せばよいという仕儀だな」

「さように存じます」

箸が器に当たる音が聞こえる。

門倉の息が洩れた。

「前の御簾中様のように、死産となれば話は早いのだがな……たとえなにもしなくても、そうしたことは起こりえるのであろう」

「はい、死産は決して珍しいことはありません。それに……」

「それに、なんだ」

「家重様の御病気からして、お子も病をもたれることも考えられます」

「ふむ、そうか」

「確かなことは申せませんが、病の親から病の子が生まれることも、しばしば起こりますゆえ」

そうか、と門倉の声が明るくなる。

「それに、女《め》の子が生まれればさらに話は早い」

「はい、そこはもう、半々ですから」

「半々か」

門倉の声が笑いに変わる。

「西の丸では熱心に男子誕生を祈願しているというが、二の丸でもそれとは別の祈願をしておる。その篤さは同じこと。これは勝負だな」

ははは、と笑いが高まる。昇庵の笑いもそこに重なった。

襖から耳を離して、加門は背筋を伸ばした。

これは、お知らせしなければ……。そう考える加門の脳裏に、家重の怒りに満ちた顔が浮かぶ。人参で立腹したあとに、さらに憤りを重ねることになる。下手をすればお身体に触るかもしれない……。

むしろ上様に……。加門はそう胸中でつぶやいた。

二

江戸城本丸。

中奥の雪の間で、加門は正座をしたまま、息を詰めていた。

廊下から足音が近づいてくる。

襖が開くと同時に、加門は頭を下げた。

「よい、面を上げよ」

吉宗が向かいに胡座をかく。加門が顔を上げると、吉宗は身を乗り出すようにして、頷いた。

「人参のことは家重から聞いておるぞ。そなた、服まぬようにと進言したそうだな」

「はい。医術の師からそう教えられましたので。あの、で、その人参を買った人物がわかったのです」

「ほう、誰か」

「徳丸法印でした。法印から松平和泉守様に渡ったようです」

「乗邑か……」

　吉宗は目を上に向ける。が、それを戻すと、加門を見据えた。

「聞けば徳丸法印はあちこちの大名屋敷に出入りしているそうだな。乗邑の屋敷に出入りしていたとしても不思議はあるまい。それに、奥医師に問うたのだが、人参は懐妊中の滋養とする者もおるそうではないか」

「はい、確かに、見方の分かれるところ、と我が師も申しておりました」

　上様は和泉守様を信じたいのだな、と加門は推し量り、それ以上の言葉を胸に納めた。

「法印も乗邑も、善意でやったことかもしれぬ。その件はもうよい。して、まだあるか」

「はい、実は……」加門は逡巡しつつも、

「徳丸法印の弟子の細木昇庵という者、以前、小菅御殿に通っていた医者なのですが……」

書院番の門倉とのつながりや、密談の内容を話した。

吉宗はさすがに口を噤んで、眉間にしわを寄せる。

「二の丸の書院番か……しかし、宗武が関与しておるかどうか、まだわからぬな。家臣が先走るのはよくあることよ」

「はい、それは……」

加門はまた口を閉ざす。家臣を信じるくらいであるから、息子はなおさら疑いたくはないはずだ。そう思うと、言葉を呑み込まざるを得ない。

「その件、家重に申したか」

「いえ、申し上げておりません。まだ起きておらぬことですし、この段階でお耳に入れてご不快を増されるのもいかがと存じまして」

「ふむ」

吉宗は腕を組む。

「だが……そうさな、その細木昇庵とやらは見過ごしてはおけぬ。その者が本当に書院番に毒を渡すようなら、身柄を抑えたほうがよい。吟味《ぎんみ》にかければ、書院番の不埒《ふらち》も明らかになろう」

「はい、細木と名乗っているので士分でしょうから、その場で捕まえて辻番に渡せば、評定所《ひょうじょうしょ》送りになるかと」

「ふうむ、それができれば最善だ。宮地加門、そなたの働き、家重も満足しておる。こたびの判断、余に先に言うたのも適切である」

「はっ、恐れ入ります」

加門は両手を着いた。

「引き続き頼むぞ」

吉宗が立ち、衣擦れの音が鳴った。


須田町。

外から戻った加門は、家の二階の窓を開け放った。三月も終わりとなり、風はさわやかさを含んでいる。

城から戻って、昇庵や門倉のようすを見続けてはいるが、動きはない。

加門は窓から、道を行く人々を見る。と、その身を乗り出した。意次がこちらにやって来る。

下へと降りて、戸口を開けると、ちょうどそこに意次が立った。

「おう、驚いた、なぜわかった」

「ああ、上から見てたんだ、まあ、上がってくれ」

加門の言葉に、意次は手土産《てみやげ》を掲げて上がって来る。

「まんじゅうを買ってきたぞ、食おう」

ああ、と加門は火鉢の鉄瓶から白湯を茶碗に注ぐ。

二人は経木から直にまんじゅうをつまむと、にっと笑みを浮かべながら食べはじめた。が、すぐに加門は、その笑みをしまって首を伸ばした。

「ちょうどよかった、伝えたいことがあったのだ。先日、お城に登って上様にはご報告したのだがな。いや、だが……そちらもわざわざ来るとは、なにかあったのか」

ああ、と意次はまんじゅうを呑み込む。

「お幸の方様のことだ」

「どうされた」

「ああ、いや、お子は無事に育っておられる」

手を振る意次に加門は、ほうと息を吐いた。

「よかった」

「うむ、だが、日ごとにお腹が大きくなられてな、なにかと大変らしい。特に……お通じが悪くなったと仰せだそうなのだ」

「お通じが……」

「ああ、奥医師の話によると、お腹が大きくなると、押されるのでしかたがないそうだ。それで、薬を出されたのだが、家重様がそれを拒まれてな、ほかに頼む、と仰せになられたのだ」

「ほか、とは」

「そなたよ」

指を差されて、加門は身を反らした。それを見て意次は、ははと笑う。

「いや、そなたに薬を作れというわけではない。そなたは医術の師がおるのであろう。そのお方に薬を調合してほしいと仰せなのだ」

「ああ、なんだ、そういうことか、焦ったぞ」

肩を下げる加門を、意次は眼を細めてみる。

「家重様はそなたをすっかり信用しておられる。あの人参の件でますますな。そなたの師であれば安心だと、思うておられるのだ」

いや、と戸惑い、そうか、と照れて、加門は笑顔になった。

「わかった、将翁先生に頼んでみよう。先生は、大体のことを察しておられるのだ」

「ほう、そうなのか。しかし、大丈夫か。外に洩れるのはまずいぞ」

「ああ、心配はいらん。先生は口が堅い。昔は御公儀の命《めい》を受けて、採薬使をされていたこともあるくらいだ。それよりも……」加門は神妙な面持ちになった。

「二の丸の書院番に門倉という者がおってな、これが細木昇庵という医者とつながっているのだ……」

加門はそれまでの経緯を説明する。

「でな、門倉はこう申したのだ、西の丸に通じている者がいる、とな。西の丸の誰かが、門倉に動きを伝えているらしい」

ほう、と意次は顎を逸らした。が、目が笑っている。

「そうであろうな。なにしろ、こちらにも同じような者がおる」

「えっ……」

「二の丸の家来に、こちらと通じている者がいるのだ。まあ、口が堅そうで柔らかそうな者を選んでな、金子《きんす》を握らせれば、それで繋ぎができるというものよ。あちらも同じことをしたのであろう」

苦笑する意次に、加門は口を半ば開いた。

「そ、そうか……いや、考えてみれば不思議ではないな」

「ああ、敵と同じことをするのが戦術だ。まあ、敵が同じ城にいるというのが、なんとも皮肉な話だがな」

「まったくな……」加門は溜息を吐く。

「兄弟で争うなど、お家にとっていいことは一つもないというのに。これも和泉守様が廃嫡などと言い出されたせい……家臣であるのにお家を揺るがすなど、言語道断と思うがな」

「ああ、廃嫡などという話を持ち出されれば、弟君としては、その気にならざるを得んからな。そのようなことを言い出さなければ、長子相続で落ち着いておったものを。わたしも和泉守様のお考えはわからん」

ふう、と二人の息が揃う。

いやしかし……。加門は胸の内で独りごちた。

細木昇庵はこう言っていた。

「はい……お幸の方様の産み月は五月とのこと。あと二月ですから、お腹もずいぶんと大きくなっているはずです。となれば、御不調も出やすくなります。そこを見計って、お薬を作りましょう」

なれば、ことが動いたと、いうことになる。

加門はぐっと丹田に力を込めた。

細木昇庵の家を横目に見ながら、加門は前を通り過ぎた。

姿は変えず、二本差しのままだ。いざとなったら、捕まえて辻番所に連れて行くことを考えれば、町人姿はまずい。

この二日、家を探っているが、動きはなかった。

今日もなしか、と加門は前を通り過ぎて、間を置いてまた戻って来た。夕暮れが近づいた空は薄赤く染まりはじめている。先日、門倉と密談したのも黄昏近くであったから、まだ気を抜くことはできない。

横目で家を見つめる加門は、あっと息を吞んだ。昇庵が出て来たのだ。弟子を連れていない。

よし、と加門はそのあとを付ける。

昇庵は手に小さな風呂敷包みを持っている。

薬かもしれない……いや、おそらくそうだろう。加門はそれを見つめた。

昇庵は前と同じく両国橋を渡って行く。

渡りきると、右側へと足を向けた。その先は船宿だ。

加門は足を速めた。

「細木昇庵」

呼びかけると、昇庵はびくりとした顔で振り返った。小走りに向かってくる加門をよけるように、後ずさる。そこに追いついて、加門は正面に立った。

「細木殿、手にした物を見せていただきたい」

「な、なんだ、そのほうは……」

それには答えずに、加門は風呂敷包みに手を伸ばした。

昇庵は手を上げて、それから逃れようとする。

「なにをする、無礼であろう」

「無礼はどちらか」加門はずいと足を踏み出す。

「将軍家に害をなそうと企むほうが、よほど無礼。細木殿、医者ともあろう者が、なにゆえに、そのようなことをなさるのか」

詰め寄る加門に、昇庵はぐっと喉を詰まらせる。

「そなた、幕臣か……なれば、世の苦労などわかるまい」

昇庵はうしろを振り向く。船宿を回り込めば、裏側は竪川だ。じりじりと、脇へと足をずらして行くのがわかった。

「それをこちらへ」

加門が風呂敷包みに手を伸ばす。と、そこに声が飛び入った。

「何者か」

二人の人影が近づいてくる。門倉孝之助と浪人の安田だ。

「あ、宮地加門」

安田の声が上がった。

「なに、真か」

門倉が振り返ると、安田は頷きながら刀を抜いた。

「ええ、数寄屋橋御門で見た若造に間違いない。宮地加門、あのときにはみごとに撒いてくれたな」

安田が白刃を掲げて進み出る。

加門もすらりと剣を抜いた。

「待て」

門倉が、横から進み出て昇庵を見る。

「そなた、なにを気取られた」

「わ、わたしはなにも……薬を渡せといわれただけで……」

昇庵は風呂敷包みを抱えて、うしろに下がる。

加門は向き合う二人を横目で見た。

「細木昇庵殿の悪事は露見しています。もう観念なさったほうがいい」

その言葉に、門倉は安田に顎をしゃくった。

「こっちを先に殺《や》れ」

な……、と昇庵の顔が引きつる。

「卑劣だぞ」

加門は思わず怒鳴った。が、その前をすり抜けて、昇庵が走り出した。

船宿の裏側へと走って行く。

それを安田が追う。

さらに加門も追う。

裏へ抜けた昇庵は、持っていた風呂敷包みを川へと放り投げた。

「あっ」

加門の叫びと水の音が重なる。

にやっと笑って、昇庵がこちらに向き直った。

「かまわん、斬れ」

門倉も走って来た。

斬りかかる安田を、加門の剣が止める。

昇庵は川の畔《ほとり》でしゃがみ込んだ。

安田の剣が弾かれ、加門が踏み込む。

「きさまっ、邪魔をするな」

安田が声を荒らげて、柄を握り直した。

白刃を振り上げると、それを斜めから下ろした。

それを躱して、加門がよろめいた。

「くそっ、強い」

独りごちて、加門も構えを整え直す。

と、その隙を突いて、安田が昇庵に走った。

「うわ、わぁ」

立ち上がった昇庵に、安田の剣が音を立てた。

胸を斬られ、昇庵がゆっくりとうしろに仰《の》け反《ぞ》った。

「やめろ」

加門が飛び出すが、その目の前で、昇庵の身体が落ちていく。

背後の川に、頭から落下した。
大きな水音が響き、昇庵の姿が消えた。
「きさま」
今度は加門が声を放った。
刀を握って、安田に向き合う。
「そいつも殺《や》れ」
門倉の声が飛んだ。
ふんっ、と鼻から息をもらして、安田が加門に構え直した。
足で地面を踏みしめて、加門は大きく息を吸った。
安田の目が犬のように光る。
ええいぃっ、雄叫《おたけ》びのような声が上がり、安田の身体が飛んだ。
白刃が空を切り、加門に振り下ろされる。
身を斜めにして、加門はそれを躱す。その手を下にして、加門は剣を構えた。
勢いで前のめりになった安田に、加門が身を翻した。
振り向いた安田に、加門の白刃が落ちる。
首筋を斬って、白刃が血を飛ばす。

呻き声とともに、安田が揺らいだ。

加門はさらに踏み込む。

体勢を立て直そうとしている安田の脇腹に、加門の刀が入った。

ぐうと喉を鳴らして、安田が大きく揺らぐ。

踏みしめようと力む足は、そのままうしろへ下がって、宙に浮いた。身体が、川へと落下していく。

再び上がった水音に加門は、やっと足を止めた。

覗き込んだ川面に、すでに昇庵の姿はない。落ちたばかりの安田も、頭と手だけがもがくように揺れている。

ほうっと息を吐いて、加門は額の汗を拭う。と、その顔を振り向かせた。

門倉の姿は、すでに消えていた。

三

西の丸の座敷で、加門は入ってきた家重に頭を下げた。

「よい、近う、寄れ」

と、頷く家重に加門は膝行して、木箱を差し出す。

「我が師阿部将翁先生が調合なさったお薬です。緩やかな効き目ゆえ、懐妊中のご婦人にも障りはないということです」

「うむ、ご苦労」

頷く家重に、意次がそれを受け取って渡す。

意次は加門に向き、

「して、小菅御殿にも参っておった、かの細木昇庵という医者、討ち取ったということだな」

と、言葉を促した。

「え、いえ、わたしが討ったわけではありません。そもそも、捕まえて吟味にかけるよう、上様からも命じられておりましたのに、そのような仕儀に相成り、失態でございました」

加門が恐縮すると、家重は、

「父上、が、命じた、か」

と、眼を細めた。

「はい、その医者は見過ごせぬと、仰せられました」

「その医者は……」意次が問う。

「誰が討ったのだ」

はあ、と加門は逡巡する。それを明かしてよいものかどうか……。

「実は、二の丸の書院番がかの者と通じておりまして……」

ええいままよ、と加門は知り得た事実を話す。

家重の頰が強ばっていくのが見てとれた。

「さよう、で、あったか」

説明を聞き終わって、家重が息を荒く吐き出す。紅潮した頰に、目までも赤くなっているようだ。

加門は直視を避けて、顔を伏せた。

意次が取りなすように、穏やかに口を開いた。

「加門のおかげで、一つ、災いを除けられました。あとはお幸の方様のご出産を待つばかりです」

「さよう」大岡忠光も頷く。

「この薬でお幸の方様のご不快も消えれば、お子も健《すこ》やかにお生まれになるでしょう。わたしは鷹が飛ぶ夢を見ましたのでな、男子に間違いありませんぞ」

「ほう、鷹とは縁起の良い」意次が膝を打つ。

「楽しみでございますな」

「うむ」

家重の呼気が静まった。

「わたしも心より祈念しております」

加門も思わず口から言葉を放っていた。

「そちも、大儀で、あった」

家重に微かな笑みが浮かんだように見えた。


朝早く、加門は医学所に行った。

庭に回ると、薬園に屈んでいる将翁がいた。

「おお、加門か、見てみろ、薬草の芽が出て、次々と伸びておるぞ」

耕した畑に、若草色の芽が並んでいる。しばらく、ともに手入れをすると、将翁が立ち上がった。

「さて、中に入ろう。なにか用があるのであろう」

腰を叩きながら入る将翁に、加門も続いた。

向かい合って、加門は懐から小さな包みを取り出した。

「これを、家重様からお預かりして参りました。薬礼だそうです」

ほう、と将翁はそれを手に取って開ける。中から表れたのは、金色の小判だ。それをつまんで、将翁は裏、表とくるくると翻す。

「おうおう、小判じゃ小判じゃ、久しぶりに見るのう。薬礼としてはもらいすぎだが、まあよいわな」

「はい、今後も頼む、という意かと思います」

「うむ、ならば遠慮はいらぬな。よしよし、これで当分、米に困ることはないぞ。皆、若いせいでよく食うからな……米が減ると粥《かゆ》にするのだが、あれはよけいに腹が減ってしまうようじゃて」

加門は振り返って台所を見た。若い内弟子達が朝食のしたくをしている。

「こら、ぼやぼやするな、焦げているぞ」

兄弟子の叱声が飛び、豊吉が「すみません」と頭を下げている。豊吉は動作も勘も鈍く、医学所や薬園でもしょっちゅう怒られている。

加門は首をかしげて、将翁を見た。

「先生は、豊吉に対して苛立つようなことはないんですか」

「ふむ」と、豊吉を見る。

「確かに、昔はな、ああいう鈍重な者には腹が立ったものじゃ。だが、今はああいう者からのほうが学ぶことが多いと感じておる」

「学ぶ、のですか、先生が」

「そうよ、この年になっても、まだ学ぶことがあるんじゃ。豊吉は頭の回りは遅いが、なんでも一所懸命にやる。医者になるには、ああいう者のほうが向いていると、わしゃ思うておる。どのような者に対しても、手を抜くことがないからな。逆に、聡い者のほうが、医者には向かぬものじゃ」

「そうなんですか」

驚く加門に、将翁はかかと笑う。

「そうよ。そら、医者の息子の作田勘介がおるじゃろう。あれは確かに頭の回りが早いし、聡明だ。だが、人を侮るところがある。特に、身分や頭の出来で、相手を見下すであろう」

「あぁ、はい。確かに、豊吉を侮って悪《あ》し様《ざま》に言うのを見ていると、腹が立つことがあります」

「うむ、そうじゃろうて。そういう者は医者には向かんのじゃ。病の相手に向かって、あれが悪いこれが悪いと責めるようなことを言うでな。あれには医学でも学問のほうをやるように言うてやるつもりじゃ」

なるほど、と加門は腕を組んだ。

「聡明な者が暗愚な相手を侮るというのは、しかたがないものなのでしょうか」

加門の頭の中には、松平乗邑と宗武、宗尹らの顔が浮かんでいた。

「ふうむ、そうさな……まあ、わしも昔はそうじゃった」

「先生も、ですか」

「ああ、そうじゃ。わたしは子供の頃から頭《おつむ》の回りがよくてな、書物は一度読めば覚えるし、人の話は一を聞けば十が知れた。飲み込みも早いし、できないことなどなかったものじゃ」

へえ、と感心しつつ、加門には納得できた。日頃の講義を聴いていても、言葉の選びが的確だ。なにをするにも迷いがなく、判断も速い。気力も満ちているのだろう。だからこそ、危険を冒して清国にまで行ったのであろうし、清の言葉も苦もなく覚えたに違いない。

将翁は昔を思い起こすように、上を見上げた。

「そうじゃな、わしとて、つい最近までは暗愚な者を小馬鹿にしておった。努力も克《こっ》己心《きしん》もない怠け者と思うておったからな」

「先生がですか……しかも最近まで、とは……」

今、弟子達に辛抱強く教えている姿からは想像ができない。

はは、と将翁は笑う。

「そうじゃ、こうして多くの弟子の面倒を見るようになって、気がついたのよ。聡いからといってえらいわけじゃあないとな」

加門はだまって、耳を傾ける。その顔に、将翁は頷いた。

「聡いのは生まれつきだ。二枚目や美人とてそうであろう。生まれつきのもので、当人が必死に手に入れたものではない。身分や財力も同じじゃ。才とてもそうじゃな、画才や楽才、和算や詩文の才とてそうじゃ。皆、たまたまそれをもらって生まれてきただけよ。加門、そなたはなかなか男前じゃが、自分で顔を作ったわけではなかろう」

「いえ……男前とは思いませんが……はい、顔は生まれつきです」

「ふむ、そういうことよ。ところがな、人は勘違いをするんじゃ。たまたま親からもらったものなのに、己で手に入れたと錯覚をする。だから、それを持っていない者を侮るんじゃ」

「なるほど……」加門は手を打つ。

「そういえば、わたしも子供の頃、同じ年頃の子を見下していました。覚えが悪くて、なにをやってもへたくそだったので」

　その子供は成長しても御庭番として不適格とみなされ、御用屋敷から出て行った。今はどうしているのか、わからない……。

「そうか、わたしも他人《ひと》のことは言えないんだ」

「うむ、誰でも同じじゃて。己の誇るものをひけらかし、それを持たぬ者を見下して、貶《けな》す。いや、相手を人として認めぬような者も珍しくはない。愚かな者ほど、そうした錯覚に陥るものよ」

　そうか、と加門はうつむいて唇を噛む。松平乗邑様も宗武様も、聡明であるがゆえに、よけいに暗愚と間違われる家重様を否定せずにいられないのだろう。それを愚かな錯覚、とは思わずに……。

　加門はゆっくりと顔を上げた。

「先生、人の心が少し、わかった気がします。されど、その錯覚を取り除くには、どうすればいいのでしょうか」

　ふむ、と将翁は手の中の小判をひっくり返し、見つめる。

「どうしようもないな。人が人の心を変えることはできん。なにか大きなきっかけが、あるいは長年の学びが、その者を変えるのを待つしかない」

白い眉の下の目がぎろりと揺れる。と、その口が大きく開いた。

「もっとも、待っても、一生変わらぬ者も多いがな」

かっかと笑い声を放って、将翁は身体を揺らす。

加門は肩を落とした。なれば、諍《いさか》いはこの先も続くということか……。そう考えると溜息が零れる。が、すぐにいいや、と拳を握った。なればいっそう、気合いを入れて家重様をお守りせねばならぬ……。加門の鼻がふんと開いた。

その鼻に、ご飯の炊ける匂いが漂ってきた。

将翁もくんとそちらに顔を向ける。

「おお、飯ができたようじゃ。加門、そなたも食うがよい」

「はい、ありがとうございます」

「食えば血が巡る。血が巡れば、気も巡る。それがやる気というものになるんじゃ」

かっかと笑ったまま、将翁は立ち上がる。

加門もその笑顔を見上げながら、それに続いた。

「なるほど、では、やる気の元をいただきます」

広げた鼻から、朝餉の匂いを胸いっぱいに吸い込んだ。

四月になり、多くの花が開きはじめた。つつじの花も咲き、藤も花房を垂らし、春が満ちていく。瞬く間に、五月へと移り変わっていった。

朝、いつものように加門は学問所に行くしたくをしていた。と、戸を叩く音が鳴った。出てみると、いかにも城の小姓然とした少年が、息を切らせながら、一通の書状を差し出した。

「田沼意次様からです」

「意次から……そうか、かたじけない」

あわてて受け取り、家の中で開く。

読みながら、なんと、とつぶやいていた。

着ていた着物を脱ぎ捨て、一番よい着物に着替える。羽織に腕を通すと、加門は外へと走り出した。

西の丸はざわめいていた。

取り次ぎを求めると、すぐに意次が中奥の戸口に現れた。

「おう、加門、早かったな、こっちだ」

意次に付いて行くと、中奥の一番奥の部屋へと通された。

「で、どうなのだ、お幸の方様は」

加門の問いに、意次は小声で答える。

「うむ、夜中に陣痛がはじまったのだがな、まだだ」

すぐ隣の大奥から、女中達があわただしく走り回る足音が響いてくる。

「上様も来ておられる」

意次の言葉に、加門は姿勢を正す。

「しかし、わたしがいてもよいのか」

「ああ、家重様が呼べと仰せになったのだ。前にそなたの師からもらったという薬がよく効いてな、お幸の方様があれからずいぶんとよくなられたのだ。なにかあれば、また薬を頼むことになるだろう。それに……」

意次は声を落として、

「ここは油断のできぬ所だからな、少しでも信頼の置ける者を集めておきたいのであろう。このようなときだしな」

にっと笑った。

大奥のほうからは、人の行き交う音が伝わってくる。

加門は耳を澄ませた。
微かに、奥女中達の声も聞こえる。と、それがしんと静まりかえった。
加門と意次が顔を見合わせる。
なんだ、大丈夫か、と互いに声を出せず、口だけで言葉を交わす。
加門は掌にじっとりとした汗を感じていた。
奥から、ざわめきが起きた。
人の走る足音が響く。
ざわめきはひときわ大きくなった。
加門と意次は、立ち上がった。そこに、
「お生まれです、男《お》の子でございます」
声が響いた。
「若君でございます、お生まれになりました」
御坊主の声が、廊下を近づいてくる。
加門と意次はそこに飛び出した。
「男子か、お身体は」
意次の問いに、

「お健やかでございます。玉のような男の子でございますよ」

御坊主はいくども頷く。

加門と意次は顔を見合わせた。

「よかった」

加門の声に意次も、

「ああ」

と、満面の笑顔になった。

二人は互いの肩をたたき合う。

城の太鼓が鳴らされ、大きな響きが広がっていった。

時代小説

二見時代小説文庫

将軍《しょうぐん》の跡継《あとつ》ぎ　御庭番《おにわばん》の二代目《にだいめ》1

著者　氷月《ひづき》 葵《あおい》

発行所　株式会社 二見書房
東京都千代田区神田三崎町二－一八－一一
電話　〇三－三五一五－二三一一［営業］
〇三－三五一五－二三一三［編集］
振替　〇〇一七〇－四－二六三九

印刷　株式会社 堀内印刷所
製本　株式会社 村上製本所

落丁・乱丁本はお取り替えいたします。
定価は、カバーに表示してあります。

 ISBN978－4－576－16083－2
https://www.futami.co.jp/

倉阪鬼一郎

小料理のどか屋人情帖

シリーズ

剣を包丁に持ち替えた市井の料理人・時吉。
のどか屋の小料理が人々の心をほっこり温める。

以下続刊

① 人生の一椀
② 倖せの一膳
③ 結び豆腐
④ 手毬寿司
⑤ 雪花菜《きらず》飯《めし》
⑥ 面影汁
⑦ 命のたれ
⑧ 夢のれん
⑨ 味の船
⑩ 希望《のぞみ》粥《がゆ》
⑪ 心あかり
⑫ 江戸は負けず
⑬ ほっこり宿

⑭ 江戸前祝い膳
⑮ ここで生きる
⑯ 天保つむぎ糸
⑰ ほまれの指
⑱ 走れ、千吉
⑲ 京なさけ
⑳ きずな酒
㉑ あっぱれ街道
㉒ 江戸ねこ日和
㉓ 兄さんの味
㉔ 風は西から
㉕ 千吉の初恋

藤木 桂

本丸 目付部屋 シリーズ

以下続刊

① 本丸 目付部屋 権威に媚びぬ十人
② 江戸城炎上
③ 老中の矜持

大名の行列と旗本の一行がお城近くで鉢合わせ、旗本方の中間がけがをしたのだが、手早い目付の差配で、事件は一件落着かと思われた。ところが、目付の出しゃばりととらえた大目付の、まだ年若い大名に対する逆恨みの仕打ちに目付筆頭の妹尾十左衛門は異を唱える。さらに大目付のいかがわしい秘密が見えてきて……。正義を貫く目付十人の清々しい活躍！